LA VIE EN SON ROYAUME

Consacré en 2015 comme l'un des dix romanciers préférés des Français, Christian Signol est né dans le Quercy et vit à Brive, en Corrèze. Deux veines dans son œuvre : celle des grandes sagas populaires en plusieurs tomes (de *La Rivière Espérance* aux *Messieurs de Grandval* en passant par *Les Vignes de Sainte-Colombe*, Prix des Maisons de la Presse 1997) et celle des œuvres plus intimistes, récits ou romans, telles que *Bonheurs d'enfance*, *La Grande Île*, *Ils rêvaient des dimanches* ou *Pourquoi le ciel est bleu*. Depuis trente ans, son succès ne se dément pas. Ses livres sont traduits en quinze langues.

CHRISTIAN SIGNOL

La Vie en son royaume

ROMAN

ALBIN MICHEL

© Éditions Albin Michel, 2017.
ISBN : 978-2-253-25975-6 – 1ʳᵉ publication LGF

*À tous mes amis médecins,
qui m'ont permis d'écrire ce livre.*

« Je connus mon bonheur, et qu'au monde où nous sommes,
Nul ne peut se vanter de se passer des hommes,
Et depuis ce jour-là, je les ai tous aimés. »

Sully Prudhomme

1

C'est en découvrant l'enfant qu'Adrien comprit à quel point il était seul, et il mesura vraiment combien sa décision de venir s'installer dans ce village allait lui coûter de sueurs froides, de hantises qui le priveraient de sommeil, de doutes, de sentiment de responsabilité accablante. Il n'avait pas hésité, cependant, quand lui était parvenue l'offre du maire de Châteleix proposant un cabinet gratuit dans la maison médicale qu'il venait de créer et où devaient officier, avec un médecin, une secrétaire, une infirmière et un kiné. Son internat au CHU l'avait convaincu que rien ne vaudrait mieux que l'indépendance pour exercer une profession à l'égard de laquelle il avait depuis toujours nourri une véritable vocation.

Il savait bien, pourtant, que sa première motivation ne se résumait pas à ce besoin de solitude qu'il ressentait, déjà enfant, entre les murs du lycée. Ses parents et lui vivaient en ville, mais il allait passer l'essentiel de ses vacances chez sa grand-mère, à Saint-Victor, où il avait découvert la liberté merveilleuse des prés, la pêche dans les ruisseaux, les travaux des champs, et cette vie rustique qui, encore, par endroits, ressemblait à celle des temps anciens, et où il décelait une paix qui avait toujours eu le pouvoir de le rendre heureux. Un peu comme s'il y trouvait la légitimation d'une existence que la grande ville lui refusait, malgré ses efforts pour s'y accoutumer.

Mais voilà : sa grand-mère Louise, veuve depuis des années, avait vainement attendu le médecin de garde, un dimanche, alors que lui, Adrien, était en stage à Paris, afin d'achever sa thèse de médecine. Trop de distance entre la ferme et le chef-lieu, si bien que les secours étaient arrivés sur place trop tard. Il en avait été révolté. Accablé. Exaspéré de constater combien les campagnes devenaient de plus en plus isolées en ce domaine. En effet, le « numerus clausus » de première année en faculté de médecine restreignait le nombre de jeunes qui pouvaient accéder à ces études. Ceux qui passaient ce barrage et effectuaient des remplacements en milieu rural constataient à quel point les vieux médecins étaient corvéables à merci, et refusaient désormais de vivre comme eux, épuisés à cinquante ans ou abattus par un infarctus auquel ils n'avaient pas pu échapper.

C'était sans doute sa grand-mère qu'Adrien avait voulu sauver en acceptant ce poste, tout en se persuadant aussi, probablement, que les routes et les chemins lui restitueraient un peu de ce bonheur qu'il avait cru indestructible et qui, pourtant, lui avait glissé entre les doigts sans qu'il puisse s'en défendre. Au cours des longs mois d'été, pendant ses vacances, il avait aimé ces gens simples, fatalistes, courageux au point de souffrir le plus souvent en silence, survivants d'une population rurale qui était peut-être ce que l'humanité avait fait éclore de meilleur.

C'est du moins ainsi qu'il la considérait, mais cette population était vigoureuse, alors, tandis qu'il la retrouvait aujourd'hui vieillie, fragile, démunie de tout, isolée, s'excusant le plus souvent de déranger, et refusant de quitter la maison où s'était écoulée une vie de patience et de labeur. Les jeunes ménages et les enfants étaient plus rares que les personnes âgées, mais Adrien ne s'en désolait pas. Il savait que les nourrissons malades étaient la hantise des médecins : ils pleuraient mais ne parlaient pas, affolaient les parents car leurs accès de fièvre étaient impressionnants, et leur déshydratation pouvait être dramatique.

Le plus souvent il s'agissait de rhinopharyngites et d'angines qui régressaient en trois jours et parfois sans antibiotiques, mais il savait qu'il pouvait se trouver face à un cas inattendu après avoir été appelé trop tard. C'est ce qui arriva, ce matin-là – un lundi –, quand Mme Viguerie, la secrétaire du cabinet médical, lui confia la liste des visites à effectuer en lui précisant que la mère de l'enfant malade avait eu l'air complètement affolée.

C'était la fin de l'automne, les arbres le long de la route s'étaient couverts d'or, de cuivre et de pourpre, et tout en conduisant Adrien se demandait pourquoi ces chênes et ces érables délivraient leurs plus belles couleurs avant de s'éteindre. Il pensa vaguement à ce qu'il avait lu récemment dans un livre qui l'avait séduit au plus haut point : Dieu avait créé la terre si belle qu'il s'était senti obligé de créer les hommes pour l'admirer. Il sourit, regrettant d'avoir à se presser alors que le monde était là, tout entier confié, dans ses plus beaux atours : un royaume de silence et de beauté où la vie se cachait dans les plus petits recoins, têtue, fidèle, fragile et forte à la fois. La départementale, très étroite, rendait la circulation difficile. Elle ne cessait de monter et de descendre, semblait hésiter, comme lui, entre les bois et les prés, puis filait jusqu'à des croisements le plus souvent sans panneaux indicateurs. « Lajarrige, avait spécifié Mme Viguerie. C'est après Pommier, un lieu-dit sur la droite, après un carrefour près duquel se trouve un grand sapin. » Non, décidément il ne trouvait pas. Le GPS ne servait à rien, ici, seulement à se perdre davantage.

Il fit le numéro du secrétariat sur son portable, tout en continuant de conduire. La communication ne passait pas. Il poursuivit sa route, retourna, repartit, devina au loin un sapin isolé, planté comme une sentinelle au milieu de nulle part. Il tourna à droite, avança entre des chênes et des frênes en ayant l'impression de s'être trompé. Ces confins du Limousin ne se livraient jamais sans défense, d'où, sans doute, songea Adrien, l'importance, dans ce coin de France, de la Résistance lors de la guerre de 1939-1945. Son grand-père lui avait payé un lourd tribut : arrêté en 1944, il n'était jamais revenu de Dachau et Adrien ne l'avait pas connu.

Il allait faire demi-tour quand il aperçut le toit d'une maison qui fumait entre deux étangs bordés de roseaux. Une femme se trouvait devant la porte et agitait une main : la mère, sans doute, si c'était bien là « Lajarrige », comme il lui avait été indiqué. Dès qu'il sortit de sa voiture – un SUV Peugeot assez haut pour

pouvoir passer dans tous les chemins –, la femme, brune, petite, se précipita vers lui en criant :
— Vous êtes le docteur Vialaneix ?
— C'est moi.
— Venez vite ! Mon fils a beaucoup de mal à respirer. Il étouffe.

Adrien saisit sa mallette de cuir sur la banquette arrière, suivit la jeune femme, avec encore, devant les yeux, cet éclat d'affolement total qui lui parut de très mauvais augure, d'autant qu'il sentit une humidité froide lui tomber sur les épaules. La mère ouvrit la porte, le pressa d'entrer et ne lui présenta même pas l'homme qui s'affairait sur une vieille table de cuisine et le salua d'un signe de tête où Adrien décela de l'hostilité. Il avait une barbe épaisse, des cheveux longs, paraissait agressif, en tout cas contrarié d'être dérangé dans son activité de bricolage.

Dans la chambre, Adrien remarqua des moisissures sur le mur, avant de se pencher sur l'enfant qui suffoquait, transpirait énormément, avec un balancement anormal et excessif de l'abdomen, sans même avoir la force de pleurer. Il portait des vêtements pas très propres, maladroitement ravaudés.

— Qu'est-ce qu'il a, mon fils ? demanda la mère derrière lui. Est-ce que c'est grave ?

Adrien ne répondit pas et se mit à ausculter l'enfant, qui devait avoir un peu plus d'un an et respirait toujours aussi difficilement. Bronchite, asthme, dépression respiratoire. Il se retourna vers la mère :
— Asseyez-vous et prenez-le sur vos genoux !
— C'est grave ? s'inquiéta-t-elle une nouvelle fois.
— Tenez-le bien.

Elle se mit à pleurer, serrant l'enfant contre elle.
— C'est la première fois qu'il a une crise comme celle-là ?
— Oui, je crois.
— Vous croyez ou vous êtes sûre ?
— Je ne sais pas.

Adrien prit son aérosol à chambre d'inhalation pédiatrique afin de faire de la Ventoline à l'enfant, tout en demandant :
— Vous ne chauffez pas ?
— Pas encore, dit-elle.
— C'est humide, chez vous.
— C'est à cause des deux étangs, à côté.

Adrien assit l'enfant pour le redresser, et le pencha légèrement en arrière afin de dégager un peu les bronches. Il eut la sensation précise que la vie s'en allait de ce petit corps, et qu'il était impuissant à la retenir. Ce qu'il redoutait depuis longtemps risquait de se produire aujourd'hui, dans ce matin d'automne qui portait déjà les prémices de l'hiver.

— Avez-vous un téléphone fixe, ici ? Mon portable ne passe pas.

La mère eut un air effrayé :
— Pourquoi ?
— Il faut l'hospitaliser.
— Oh ! Non ! gémit-elle. Mon mari ne voudra jamais.
— Prenez votre fils dans vos bras et tenez-le bien droit !

Il passa dans la salle de séjour où l'homme n'avait toujours pas bougé et l'interpella :
— Votre téléphone ?

— Pour quoi ?
— Pour téléphoner, pas pour discuter.

L'homme haussa les épaules, montra un antique appareil sur un secrétaire encombré de papiers.

— Vous appelez qui ? demanda-t-il.

Adrien ne répondit pas, composa le 15, tomba sur la permanencière qui lui passa le régulateur à qui il dressa un tableau le plus exact possible de la situation.

— La Ventoline ne fait pas d'effet ?
— Pas le temps d'attendre. C'est urgent.
— Je n'ai pas de véhicule sous la main. Ils sont tous sortis.

Adrien ne connaissait pas cette voix, et pourtant il savait que les régulateurs étaient des urgentistes de garde qu'il avait côtoyés, pour la plupart, lors de son stage aux urgences du CHU.

— J'insiste ! dit-il. Ce malade a besoin d'une assistance respiratoire.

— OK ! fit le régulateur. Je t'envoie les pompiers en attendant le Samu. Tu pourras le mettre sous oxygène.

— Entendu.

Adrien raccrocha, se trouva face au père qui s'écria :

— Pas question d'emmener mon gosse à l'hôpital !
— Dans ce cas, il peut être mort avant midi.
— Vous êtes ici pour le soigner, alors soignez-le !
— J'ai fait ce que je devais faire, mais ça ne suffira pas.
— C'est que vous ne connaissez pas votre boulot.
— Que vous le vouliez ou non, je dois le faire hospitaliser.

— On n'a pas d'argent, déclara la mère qui venait de s'approcher en entendant les éclats de voix.

Adrien se tourna de nouveau vers le père :

— Vous ne travaillez pas ?

— Je touche le R.S.A.

Le regard d'Adrien se porta vers l'enfant, et il eut un geste d'exaspération envers l'homme qui paraissait capable de l'empêcher d'agir.

— Vous n'aurez rien à payer, dit-il. La C.M.U. prendra tout en charge.

L'homme parut se détendre un peu, et il fit un pas en arrière, libérant le passage.

Les dix minutes qui passèrent avant l'arrivée des pompiers parurent à Adrien les plus longues de sa vie, malgré l'aide de l'aérosol qu'il réutilisa, mais sans grand profit pour le garçon dont le balancement anormal de l'abdomen ne cessait pas. Ainsi, ce qu'il redoutait depuis si longtemps était arrivé : il pouvait perdre un enfant en le tenant dans ses bras. Il s'efforça de garder son calme pour ne pas affoler davantage la mère, mais il se savait impuissant et il s'en voulait, comme si tout ce qu'il avait appris depuis des années lui semblait vain aujourd'hui – dix ans d'efforts perdus, inutiles, qui l'emplissaient d'une sorte de honte vis-à-vis de la jeune femme suspendue à ses gestes.

Les pompiers, heureusement, ne mirent pas longtemps à arriver, et il se sentit moins seul, enfin soulagé lorsque l'enfant fut placé sous oxygène dans le camion.

— On démarre ? demanda le conducteur, un homme d'une cinquantaine d'années qui avait mesuré lui aussi la gravité de la situation.

— Oui ! On gagnera du temps.

Le chauffeur embraya, avança doucement jusqu'à la route, et il prit la direction de la départementale 914. De temps en temps Adrien jetait un regard vers l'enfant qui, à présent, semblait respirer un peu mieux.

— Pas commode, votre mari, dit-il.

Elle ne répondit pas mais il eut la conviction qu'elle était maltraitée par son époux, et la colère gronda en lui avec la même force que la peur de perdre cet enfant dont l'abdomen se balançait de nouveau.

— Il faut chauffer, dit-il, quand on a un enfant en bas âge et qui souffre d'asthme.

Elle ne répondit toujours pas, se mit à pleurer.

— On n'a pas de chauffage, fit-elle, seulement la cheminée.

— Oui, dit-il, je comprends. Mais il faudrait déménager. C'est trop humide, chez vous, à cause des étangs.

— Je sais, murmura-t-elle, mais il ne veut pas.

Adrien calcula mentalement le temps qu'il fallait à un véhicule du Samu pour atteindre ces confins de campagne, et il songea que dans trois quarts d'heure, il serait peut-être trop tard. Il se tournait régulièrement vers le petit sans pouvoir mesurer si l'oxygène le soulageait vraiment, puis il revenait à la route, très étroite, et disait quelques mots à la mère qui tremblait. Il avait toujours su qu'un enfant pouvait mourir près de lui et qu'il serait seul, ce jour-là, pour le sauver ou pas. Mais ce qui le troublait le plus, ce matin-là, c'était la détresse d'une mère qui vivait dans des conditions insalubres, et dans une résignation incompréhensible.

— Vous n'avez jamais travaillé ?

— Si. Mais j'ai arrêté depuis mon mariage.
— Pourquoi ?
— Mon mari ne veut pas.

C'était incroyable d'entendre une chose pareille au vingt et unième siècle, mais il se retint d'insister, pour ne pas l'accabler. Elle paraissait fragile, apeurée par tout ce qui l'entourait et Adrien se demanda d'où elle venait, ce qu'avait été sa vie avant son mariage avec ce rustre borné. Il n'eut ni l'envie ni le temps de l'interroger davantage, car le véhicule du Samu apparut au bout de la ligne droite, et le camion des pompiers se rangea sur le côté. Dès que les deux véhicules furent immobilisés, Adrien descendit et transmit le bilan au réanimateur pendant que les pompiers débranchaient le masque à oxygène et portaient l'enfant dans le camion.

Adrien y demeura tout le temps qu'il fallut au réanimateur pour intuber le petit, puis il redescendit sur la route, et, en compagnie des pompiers, il regarda disparaître au loin le véhicule blanc qui avait actionné sa sirène.

— Il était temps, dit le conducteur, en soupirant.
— J'espère surtout qu'il n'est pas trop tard, fit Adrien.

Il essaya de téléphoner à sa secrétaire, mais le téléphone ne passait toujours pas. Les pompiers le ramenèrent vers sa voiture, lui serrèrent la main, et il repartit en se promettant de rappeler Mme Viguerie dès qu'il aurait changé de secteur.

La matinée se déroula sans véritable problème : des bronchites, une gastro-entérite, des renouvellements d'ordonnance, des vaccins contre la grippe, et ce n'est qu'à onze heures et demie que sa secrétaire lui donna des nouvelles de l'enfant, après avoir appelé l'hôpital : le petit était entre la vie et la mort.

— Ils craignent une septicémie d'origine pulmonaire, précisa Mme Viguerie. Je suis désolée, docteur.

Il raccrocha, descendit de voiture, fit quelques pas dans un bois de hêtres, observant la mousse comme pour y chercher des champignons. La bonne odeur d'humus, si familière, lui fit du bien. « Ne pas s'apitoyer, jamais, sinon vous ne pourrez pas faire votre métier, et de toute façon vous ne les sauverez pas tous », avait coutume de répéter le patron du service pédiatrie où il avait été interne. Adrien avait déjà vu mourir un enfant, mais il n'était pas seul, ce jour-là : le service entier avait été concerné. Au contraire, aujourd'hui, il s'était trouvé isolé, et il se demandait s'il n'avait pas commis d'erreur. Mais qu'aurait-il pu faire d'autre avec les moyens dont il disposait ? Rien de plus, il le savait, mais de cette évidence il se sentait coupable et meurtri.

Il s'interrogea sur le sort de la mère, à cette heure-ci. Où se trouvait-elle ? Son mari l'avait-il rejointe à l'hôpital ? Autant de questions auxquelles il était incapable de répondre... Il ramassa une poignée de mousse, la respira un long moment comme pour inhaler une Ventoline salvatrice, puis il fit demi-tour, se promettant de demander à la secrétaire de s'occuper de cette famille qu'il ne connaissait même pas la veille. Ne pas s'arrêter. Continuer. Avancer : il n'y avait pas autre chose à faire.

Il lui restait une visite avant de rentrer au cabinet.

Il se hâta d'en terminer – un ulcère variqueux qui s'était infecté chez une femme seule –, puis il revint vers Châteleix à midi et demi, où il ne trouva pas Mme Viguerie, partie déjeuner, mais Mylène, l'infirmière, qui arrivait en même temps que lui. C'était une jeune femme d'une trentaine d'années, brune, dynamique, les yeux rieurs couleur de noisette, toujours de bonne humeur, et qui était mariée à un agent d'assurances du bourg voisin.

Elle l'embrassa, demanda :

— Ça va ?

— Ça va.

Manifestement la secrétaire l'avait mise au courant de ce qui s'était passé au matin.

— Tu vas déjeuner à côté ?

À côté, c'était un café-restaurant qui servait des menus à treize euros, et où Adrien avait ses habitudes.

— Je m'invite, fit Mylène. J'adore le petit salé aux lentilles.

Elle ajouta, comme il ne répondait pas :

— Tu veux bien ?

— Mais oui.

Ils n'eurent qu'à traverser la route pour entrer dans la salle où se trouvaient quatre ouvriers d'un chantier voisin et s'installer au fond, contre le mur, à leur place habituelle, très vite accueillis par la patronne : une forte femme aux cheveux couleur de paille, dont le mari faisait la cuisine. Elle manifestait toujours vis-à-vis d'Adrien un empressement et une déférence qui le mettaient mal à l'aise, mais il aimait cette halte, en milieu de journée, qui le rapatriait vers le monde ordinaire de ceux qui vivaient en bonne santé, cette humanité qu'il savait courageuse, arrimée à une vie rudimentaire à laquelle elle tenait, campée seulement sur quelques certitudes, mais de celles qui avaient assuré l'équilibre des campagnes pendant des dizaines d'années.

Ce monde-là aujourd'hui agonisait, il le savait, mais justement : c'était celui-là qui le préoccupait, parce que c'était celui de son enfance heureuse, et que l'autre, le nouveau, celui des grandes villes, d'Internet, de la virtualité, lui donnait chaque fois qu'il l'approchait la certitude que ce n'était pas le bon. À un moment donné, les hommes avaient fait fausse route – mais quand ? Il savait cette idée dépassée, indéfendable vis-à-vis de ses contemporains, mais il n'avait jamais pu s'en délivrer, et il en souffrait, parfois, comme d'une plaie inguérissable.

— J'ai faim, dit Mylène. Pas toi ?
— Un peu.

Dès qu'ils furent servis, Mylène commença à manger avec appétit, puis elle releva brusquement la tête et elle annonça en riant :

— Je vais divorcer.

Adrien, qui portait la fourchette à sa bouche, suspendit son geste et demanda :

— Ça te fait rire ?
— Oui.

Et elle ajouta, du même ton dégagé :

— Tu veux pas que je pleure ? Avec tout ce que je vois la journée…

Adrien sourit lui aussi.

— Tu le lui as dit ?
— Non, pas encore. Il n'est pas là.

Et, comme il l'interrogeait du regard :

— En Espagne, à la chasse au gros gibier.

Elle poursuivit, soudain fermée :

— Il me rapporte des photos de chevreuils, de biches, de cerfs assassinés, parfois même de véritables trophées qu'il accroche aux murs. Tu vois ?

— Je vois, fit Adrien.

Ils continuèrent de manger un moment en silence ; elle avait retrouvé son sourire, mais il était assombri d'un pli de tristesse au coin des lèvres.

— Je me suis trompée, reprit-elle. À vingt ans, on peut se tromper, non ?

Il hocha la tête, répondit :

— On peut.

Il songea à Sandrine avec qui il avait vécu pendant son internat et qui n'avait pas voulu le suivre dans sa campagne, et il se demanda vaguement s'il ne s'était pas trompé lui aussi. Pourquoi ne prends-tu pas un cabinet en ville ? l'interrogeait-elle. J'y suis née. Je ne pourrais pas vivre dans la « cambrousse », tu comprends ? En t'associant, tu ne te sentirais pas seul et tu n'aurais à assurer des gardes que tous les deux mois. Ce serait l'idéal. Tu as donc besoin tant que ça de te sentir à l'écart de la vie normale ? Que répondre à cela ? Qu'il avait un monde à sauver ? C'eût été ridicule. Personne à part lui ne pouvait comprendre une démarche pareille. Sa mère, peut-être, qui était née à Saint-Victor, mais certainement pas son père, qui avait toujours vécu en ville, était un avocat spécialisé dans le droit commercial international et partait souvent à l'étranger.

— Tu penses à l'enfant de ce matin ? s'inquiéta Mylène.

Il sursauta, répondit :

— Oui. Comment pourrait-il en être autrement ? Je l'ai tenu dans mes bras.

Le repas se poursuivit sans autres paroles, puis il demanda :

— Cet homme et cette femme de Lajarrige, tu les connais ? Tu y es déjà allée ?

— Une fois, il me semble. Tu n'étais pas arrivé. Il était immobilisé par un lumbago.

— Elle a peur de lui, non ?

Mylène haussa les épaules, soupira :

— La tyrannie des hommes…

— Tu parles pour toi ?

— Non. Mais je rentre dans les maisons, comme toi.

— Nous sommes au vingt et unième siècle, tout de même. Les choses ont bien changé depuis l'an 2000.

— C'est vrai, mais la population du Limousin est l'une des plus âgées de France.

— En l'occurrence, ceux-là sont jeunes.

— Il y a des tarés partout, tu sais, chez les jeunes comme chez les vieux.

De longues minutes passèrent dans un silence qui fut aussi pénible pour l'un que pour l'autre, puis la patronne se manifesta en leur demandant s'ils prendraient du dessert.

— Qu'est-ce que vous avez aujourd'hui ?

— De la tarte aux pommes.

— Hum… De la tarte aux pommes ! s'exclama Mylène. Plutôt deux fois qu'une.

— Et des cafés après la tarte ?
— Deux cafés, dit Adrien.

Ils en terminèrent rapidement, tout en s'interrogeant sur le fait de savoir s'il y aurait beaucoup de monde dans la salle de consultation. Les ruraux se déplaçaient difficilement, et souvent, quand ils s'y décidaient, ils étaient à bout de forces. Durs au mal, ils supportaient la douleur avec une sorte de résignation farouche, acceptaient une visite à domicile comme on accepte une défaite un peu honteuse. Mais il existait aussi quelques hypocondriaques qui paraissaient heureux d'attendre leur tour une fois par semaine – des femmes et des hommes que la solitude désespérait. Les vrais malades, eux, se faisaient toujours discrets.

— Huit personnes, dit Mme Viguerie avec un mouvement d'humeur en apercevant Adrien.

Elle venait de comprendre qu'il avait déjeuné avec Mylène, et cela ne lui plaisait pas. La soixantaine avantageuse, les cheveux gris mais toujours impeccablement peignés en chignon, des lunettes d'écaille à double foyer, cette veuve sans retraite avait investi l'emploi de secrétaire avec la même énergie que s'il s'était agi d'une bouée dans une mer hostile. Personne n'avait le droit de se montrer familier avec Adrien : il n'appartenait qu'à elle. Mylène l'avait compris et l'appelait « ta deuxième mère ». Lui ne s'en formalisait pas, car il pouvait compter sur sa secrétaire en toutes circonstances.

— Il faudra repartir, ce soir, pour une visite, dit-elle. Je crois que ça ne pourra pas attendre demain matin.

— Où donc ?

— Vers Bénévent.
— Ils ne peuvent pas se déplacer ?
— Non. C'est lui qui est malade et elle ne conduit pas.
— Qu'est-ce qu'il a ?
— Douleurs thoraciques.
— Vous leur avez dit de faire le 15 ?
— Oui. Mais ils ne veulent pas. C'est vous qu'ils veulent voir. Ils vous connaissent. C'est M. et Mme Golfier, du Chambon.

Adrien soupira. Les douleurs thoraciques pouvaient traduire un infarctus du myocarde, et il n'y avait pas une minute à perdre. Le temps qu'il arrive sur place, il serait peut-être trop tard.

— Rappelez-les, et passez-les-moi ! dit Adrien, avant d'entrer dans son bureau où il attendit la communication avec impatience.

Dès qu'il eut décroché, il dut déployer toute sa force de persuasion pour décider le couple à appeler le 15. Finalement, ce fut l'épouse qui capitula, mais il ne raccrocha que lorsqu'il fut certain qu'elle allait faire le nécessaire. Irrité, il demanda ensuite à sa secrétaire de rappeler l'hôpital au sujet du petit malade de ce matin, puis il ouvrit sans plus attendre la porte de la salle d'attente, et une femme se leva aussitôt, se précipitant vers lui comme si elle avait peur qu'on lui vole son tour.

Après cette femme qui ne souffrait que d'une grosse bronchite, il fit entrer dans son bureau un homme et son épouse d'une soixantaine d'années déjà venus en consultation peu après son arrivée à Châteleix. Elle paraissait très inquiète, lui un peu moins, mais Adrien comprit qu'il était dans le déni au moment où elle demanda à son mari de montrer sa main gauche, qui tremblait. Effectivement, des tremblements fins apparaissaient au repos sur les doigts de cette main, mais ils disparaissaient dès qu'elle était en mouvement ou dans une position d'attente, les bras tendus en avant.

— Il a du mal à marcher, précisa sa femme, et des crampes nocturnes le réveillent.

— Ce n'est rien, s'insurgea le mari. Mon père aussi avait les mains qui tremblaient, et il est mort à quatre-vingt-dix ans.

Adrien procéda à l'examen habituel et ne trouva pas de signes généraux anormaux. Un doute lui vint cependant, et il demanda à l'homme de se lever et de marcher de long en large devant le bureau. Celui-ci y consentit de mauvaise grâce, et Adrien comprit pourquoi : il présentait une perte du ballant des bras.

— Vous pouvez vous rasseoir, dit-il d'une voix la plus calme possible.

Il pratiqua ensuite un examen des jambes qui s'avéra sans particularités.

— Il me semble qu'il est dépressif, ajouta alors la femme en soupirant.

— Mais non ! Qu'est-ce que tu vas chercher là ? s'indigna son mari, qui n'avait plus qu'une envie : s'en aller.

— Alors, docteur, qu'est-ce que vous en pensez ? demanda-t-elle sans paraître l'avoir entendu.

Pour Adrien, c'était clair : les fins tremblements au repos touchant les extrémités et accentués par un effort intellectuel, tremblements qui cessaient lors de mouvements volontaires, étaient évocateurs des tremblements parkinsoniens. En outre, les difficultés de la marche et la lenteur des mouvements traduisaient une bradykinésie, soulignée par la perte du ballant des bras.

Il vérifia que les problèmes de la marche ne provenaient pas d'une cause orthopédique, d'une artérite ou d'une séquelle d'un accident vasculaire cérébral passé inaperçu, mais son diagnostic était déjà établi : les tremblements au repos et l'asymétrie des symptômes rendaient très probable une maladie de Parkinson.

Il constata une terrible angoisse dans le regard de l'homme et de sa femme et il renonça à leur annoncer brutalement de quoi il s'agissait, d'autant qu'il ne disposait d'aucun tableau clinique de certaines maladies rares, telles que la dégénérescence cortico-basale ou la démence à corps de Lewy.

— Nous allons prendre l'avis d'un neurologue, décida-t-il. Il ne faut pas vous alarmer. Rien ne presse.

Ce « rien ne presse » rassura les époux, mais il leur laissa un doute que la femme exprima brutalement :

— Ce n'est pas la maladie de Parkinson, au moins ?

— Il existe un traitement pour ce genre de symptômes, répondit-il.

— Des symptômes de quoi ? insista-t-elle.

Adrien aurait répondu sans hésiter si le mari, lui, n'avait manifestement refusé d'entendre. Il était tout entier crispé par le refus, la peur, et il n'était pas préparé à accepter la révélation d'une telle maladie.

— Je ne peux être tout à fait certain d'un diagnostic, et je ne veux surtout pas vous donner de fausses informations. Le neurologue auquel je vais vous adresser vous renseignera mieux que moi.

La femme paraissait très mécontente, et son mari demeurait très hostile, pressé d'en finir.

Elle paya de méchante humeur, et Adrien allait garder de cette visite une mauvaise impression de lui-même. Car ce n'était pas elle qui était frappée, mais lui : cet homme qui s'interdisait d'entendre ce qu'il savait sans doute et repoussait de tout son être. Alors ! Pouvait-il réellement infliger un diagnostic dont il n'était pas sûr à cent pour cent à un homme terrorisé de la sorte ? Décidément non ! Il ne le pouvait pas.

Quand il raccompagna le couple, Mme Viguerie l'arrêta discrètement pour lui dire :

— Le petit asthmatique va mieux, il a bien répondu aux antibiotiques. Le CHU pense qu'il va s'en sortir.

Adrien se réfugia un moment dans son bureau pour souffler un peu. Cette nouvelle le soulageait de la tension de la journée. Pour tout dire, il n'y croyait plus. Et cet enfant qu'il avait tenu dans ses bras, il en sentait encore le poids, la chaleur, la vie qui semblait le fuir. Mais non, heureusement il allait survivre, et sans doute les gestes qu'Adrien avait pratiqués n'y étaient pas pour rien, du moins pouvait-il le penser. Il inspira bien à fond, se leva et alla ouvrir la porte de son bureau avec la sensation que le poids qui l'oppressait depuis le matin venait de disparaître.

Les consultations qui se succédèrent jusqu'à la fin de l'après-midi furent beaucoup moins difficiles à gérer que la précédente, mais il avait hâte d'en terminer, d'autant qu'il savait que la visite à domicile prévue à sept heures serait une nouvelle épreuve dont il avait tout à redouter.

Il ne put cependant s'en aller tout de suite, car une dernière personne l'attendait : sagement assise avec, devant elle, un très vieux cabas, il la reconnut aisément, car il avait soigné son mari récemment, pour une pneumonie. C'était une femme d'une soixantaine d'années, menue, fine, les yeux vifs, et qui semblait en bonne santé. Aussi la fit-il entrer en lui demandant si son époux allait plus mal.

— Non ! Pas du tout ! fit-elle en s'asseyant. Il va beaucoup mieux, au contraire.

— Alors, que puis-je pour vous ?

Elle eut un sourire amusé, expliqua :

— Vous vous souvenez sans doute que lorsque vous êtes venu en visite à deux reprises, vous avez parlé de champignons avec Antoine, mon mari. Il vous a raconté qu'il avait pris froid en allant chercher des cèpes le matin, au lever du jour.

— Je me souviens très bien. Je lui ai dit que je les aimais beaucoup, parce que ma grand-mère m'en cuisinait à la saison.

— Eh bien, en voilà ! Des beaux cèpes et des girolles.

— Il ne fallait pas !

— Si ! Antoine m'a dit : il faudra porter des cèpes au docteur. Il m'a tiré d'un mauvais pas.

— Et c'est lui qui les a trouvés ?

— Non ! Il n'est pas encore assez costaud sur ses jambes. C'est moi qui y suis allée ce matin.

Il ne savait comment remercier. Une telle attention le touchait énormément. Il se sentait heureux, apaisé malgré les difficultés du métier, en résonance avec le cœur de cette humble humanité vers laquelle il s'était dirigé de son plein gré. C'était peu de chose, mais c'était comme si sa vie se trouvait soudain justifiée. Il rencontrait ce qu'il était venu rechercher ici : la grandeur dans la petitesse, des êtres pour qui la reconnaissance n'était pas un vain mot, des gens qui croyaient au respect et à la générosité, fût-elle dérisoire.

— Je vous remercie beaucoup, dit-il. C'est très gentil à vous.

Il ajouta, plus ému qu'il ne le montrait :

— Et remerciez votre mari. Je passerai le voir dès que je le pourrai.

— C'est pas grand-chose, vous savez, dit-elle en posant son cabas sur le bureau. On n'est pas riches, mais on aime faire plaisir.

Il ouvrit le cabas, respira le parfum de mousse et de sous-bois avec délices, remercia encore.

— Gardez le cabas pour les emporter chez vous, dit-elle, je viendrai le reprendre demain.

Elle s'était levée, déjà prête à partir alors que quelque chose en lui cherchait à la retenir. Mais quoi ? Elle ne ressemblait pas à sa grand-mère disparue, elle souriait seulement, heureuse elle aussi, sans doute, de rendre à sa manière un peu de ce qu'elle avait reçu.

— Alors, au revoir ! dit-elle.

Au fond des yeux de cette femme, il devinait une lumière qui le réchauffait, celle qui venait de très loin, d'au-delà du bien et du mal, blottie dans le cœur des hommes et des femmes depuis qu'ils étaient allés pour la première fois l'un vers l'autre. Il avait envie de l'embrasser, mais il lui serra seulement la main.

— Au revoir, madame Delrieu. C'est très gentil à vous.

— Ce n'est rien, allez !

Il la raccompagna jusqu'à la porte, la regarda un long moment s'éloigner à pied, petite silhouette fragile qui venait de lui apporter non pas de simples champignons, mais le bonheur de savoir qu'il avait retrouvé ce qu'il cherchait depuis qu'il avait fait connaissance avec ce monde, il y avait presque trente ans.

La journée n'était pourtant pas terminée. Il fallait qu'il passe chez un couple de personnes âgées dont il avait fait la connaissance dès le jour de son arrivée, et dont le mari achevait sa vie chez lui, mourant d'un cancer généralisé. L'homme avait souhaité finir dans son foyer, près des siens, dans le cadre d'une hospitalisation à domicile. L'appareillage nécessaire avait été installé de part et d'autre du lit, où l'homme très pâle, le teint cireux, respirait difficilement. Sa femme et sa fille se relayaient auprès de lui avec un extrême dévouement, effectuant les ultimes gestes censés lui apporter du réconfort.

Elles accueillirent Adrien avec une touchante reconnaissance, car elles n'avaient pas sollicité de visite ce jour-là. Dès qu'il avait fait leur connaissance, il avait été impressionné par leur calme et leur sérénité. Le malade, lui, ne se plaignait pas, et cependant il souffrait énormément. Tous trois étaient soutenus par une foi que leur enviait Adrien. Lui ne croyait guère, sinon en un dieu bien différent de celui des religions qui régnaient depuis des siècles sur une humanité douloureuse, dont le besoin de consolation l'emportait toujours sur toute autre considération. Son Dieu, à lui, se situait bien au-delà des territoires connus, et il ne veillait pas seulement sur les hommes, mais sur toutes les créatures vivantes. De surcroît, c'était un dieu trop lointain pour entendre les plaintes qui montaient vers lui de si bas. Et cependant il existait, lui semblait-il. Au reste, il ressemblait plutôt à une femme qu'à un homme. Adrien se souvenait vaguement d'un ouvrage dont il ne se rappelait pas l'auteur, mais où il était écrit : « Dieu, qui est une femme, et la plus belle de toutes les galaxies, bâille devant la banalité des maléfices terrestres. » Tout cela n'était pas très clair, il en convenait lui-même dès qu'il se penchait sur le sujet, mais il n'avait guère eu le temps de s'y consacrer depuis ses études, et il s'accommodait de ces approximations qui tenaient davantage de l'instinct, de la sensation, que d'un raisonnement irréfutable.

La mère et la fille paraissaient identiques malgré leur différence d'âge : blondes, les yeux clairs, une grande douceur sur le visage, des gestes délicats, des mots à peine murmurés. La mère avait passé soixante-dix ans, et sa fille cinquante. Elles le prièrent de s'asseoir un instant avec elles avant d'entrer dans la chambre.

— Il souffre de plus en plus, murmura la mère en le regardant droit dans les yeux.

— C'est atroce, soupira la fille, de la même voix douce, et sans révolte apparente. Voir souffrir un père comme ça, c'est trop dur, trop injuste.

Elles se turent un instant, puis la mère reprit :

— Nous nous sommes interrogées et nous sommes demandé si…

Elle se tut de nouveau, ajouta tout bas, si bas qu'il entendit à peine :

— Si nous avions le droit de…

Il eut pitié d'elle, qui ne pouvait prononcer les mots qu'elle avait dû pourtant préparer :

— Je peux essayer de le soulager, dit-il, mais je ne peux pas abréger sa vie volontairement.

— Même si c'est le malade qui le demande ?

— Il vous le demande expressément ?

— Non. Ce sont ses yeux qui nous parlent.

— Moi, intervint sa fille, je me sens le courage de faire n'importe quoi pour ne plus le voir souffrir.

— Rappelez-moi son âge, demanda Adrien, comme pour faire diversion.

— Quatre-vingt-un ans, répondit la mère.

Adrien hocha la tête, pensif, puis se décida :

— Je vais le voir.

Il se leva, longea un couloir où se trouvait une magnifique commode en bois de rose, et entra dans la chambre qu'il connaissait bien : des murs tapissés de soie verte, une table avec miroir pour les soins du visage, un grand lit de bois ciré, couleur d'ambre. Il s'assit devant l'homme qui ouvrit les yeux difficilement et esquissa un faible sourire. D'un filet de voix à peine perceptible, il murmura :

— Aidez-moi, docteur.

Le simple effort d'avoir prononcé ces quelques mots avait épuisé le malade, qui referma les yeux.

— Vous souffrez davantage ?

Le malade eut un léger mouvement d'approbation, puis il souffla dans un gémissement :

— Je n'en peux plus.

Était-ce une demande, une prière, ou simplement un aveu ?

Le malade rouvrit les yeux, reprit :

— S'il vous plaît…

Et, comme Adrien ne le quittait pas des yeux :

— Faites quelque chose, je vous en supplie.

Adrien posa sa main sur le bras décharné, vérifia le cathéter, l'appareillage installé de part et d'autre du lit, puis, après un sourire qu'il voulut chaleureux, il se leva en disant :

— Je vais essayer. Je vous le promets.

— Merci.

Il retrouva les deux femmes dans le salon, qui se levèrent en l'apercevant, comme si elles attendaient une réponse de sa part.

— Il est encore conscient, dit-il.

Puis, un ton plus bas :

— Ça peut durer encore longtemps.

— Quelques jours ?

— Peut-être une semaine.

Elles continuaient à l'observer, muettes, quêtant un secours. Et, comme il ne disait rien, la mère demanda :

— Est-ce que vous pouvez faire quelque chose ?

Il ne se sentit pas la force de tergiverser :

— Je vais prendre contact auprès d'une équipe de soins palliatifs. On va certainement augmenter les antalgiques pour le soulager.

Il savait qu'augmenter les calmants jusqu'à des doses létales provoquerait un arrêt cardiaque, mais il savait aussi qu'il n'avait pas le droit d'agir seul, sans l'assentiment d'autres médecins.

Il soupira, ajouta :

— C'est vrai que son état d'éveil est insupportable et qu'il souffre énormément.

La mère se mit à pleurer, tandis que la fille reprenait :

— Si je le pouvais, moi, je l'empêcherais de souffrir le martyre. Il ne mérite pas ça.

— Personne ne mérite de souffrir, dit Adrien.

— Alors faites quelque chose, je vous en prie.

Il se sentit poussé dans ses plus intimes retranchements, répéta :

— Je vais m'en occuper, je vous le promets.

— Quand ?

Il répondit :

— Demain matin, sans faute.

Elles se précipitèrent pour lui prendre les mains et le remercier avec effusion, mais il les repoussa gentiment et ne s'attarda pas. Il partit en entendant une voix, au fond de lui, lui souffler qu'il avait raison : depuis toujours il était convaincu qu'un homme condamné avait le droit de mourir le plus vite possible et sans souffrir davantage qu'il n'était nécessaire pour se lancer dans l'inconnu et fabuleux voyage vers l'autre monde.

Ce soir-là, cependant, ce ne fut pas l'image du mourant qui l'accompagna jusque dans le sommeil, mais celle de la femme fragile qui avait posé sur son bureau un cabas ancien de paille tressée, où se trouvait un trésor dont elle ne soupçonnait pas l'importance.

2

La grippe venait d'apparaître en cette fin novembre, et les visites se multipliaient. Les personnes âgées qui étaient touchées – certaines malgré les vaccins – manifestaient le plus souvent des complications qu'il ne fallait surtout pas sous-estimer. Adrien partait de bonne heure chaque matin et rentrait tard, alors que la salle d'attente était pleine. Il ne prenait même pas le temps de manger, ce qui désolait Mme Viguerie chargée de lui procurer un sandwich. Elle ne le commandait pas au restaurant, mais le confectionnait elle-même, ce qui provoquait de la part de Mylène des sarcasmes de plus en plus acides.

— Dommage qu'elle n'ait pas trente ans de moins ! murmurait-elle en croisant Adrien.

Un kiné proche de la retraite était arrivé au cabinet à mi-temps, venu de Guéret à la demande du maire de Châteleix qui le connaissait depuis toujours. Il s'appelait Henri D. et s'était adapté très vite à la population de Châteleix et des alentours, du fait qu'il était originaire du village. Il ne travaillait que l'après-midi et regagnait chaque soir son domicile, mais il se montrait très concerné par tout ce qui touchait les patients, si bien que Mylène et Adrien l'avaient adopté aussitôt. Un peu moins Mme Viguerie, qui devait aussi tenir son carnet de rendez-vous.

Ce matin-là, en conduisant sur la route de Bénévent pour sa première visite, Adrien admirait une nouvelle fois l'or et le cuivre des chênes et des érables en songeant à sa mère qui l'avait appelé pour lui demander s'il irait déjeuner à Limoges, avec elle et son père, le dimanche suivant. Comme il n'était pas de garde, il n'avait pu refuser. Il aimait pourtant à se retrouver seul, dans la petite maison de Saint-Victor qu'il avait investie – celle qui avait appartenu à ses grands-parents et que sa mère avait gardée. Là, il « refroidissait », comme il aimait à se le dire, du moins il faisait le point sur la semaine passée, il lisait, il écoutait de la musique, il jouait à redevenir celui qu'il avait été, au temps où la maladie n'existait pas, et où les prés, les champs, les bois ne dissimulaient aucune menace pour les hommes et les femmes de cette contrée paisible.

Qu'est-ce qui le poussait sans cesse à revenir en pensées vers cet univers disparu ? Était-ce maladif ? Il faudrait bien un jour s'interroger vraiment à ce sujet. Un jour, peut-être, mais ce matin il arrivait dans la bourgade où l'attendait un homme assis sur son divan, près de sa femme. Il était artisan, s'était préparé à se rendre sur les chantiers, mais il avait du mal à se tenir debout. La quarantaine, bien charpenté, il était pâle, le visage défait, et il tremblait légèrement.

— Remettez-moi sur pied, docteur ! s'exclama-t-il. J'ai du boulot.

Adrien l'examina longuement, prit sa tension : très basse.

— Une petite grippe, ce n'est pas si grave, reprit l'artisan.

Sa femme, elle, paraissait plus inquiète.

— Il n'a plus de forces, précisa-t-elle. Le matin, il ne peut même plus se lever.

— Donnez-moi un remontant et on n'en parlera plus ! dit l'homme en faisant un effort pour se redresser.

Adrien réfléchissait : quelque chose l'alertait, mais il ne parvenait pas à le définir précisément.

— Vous vomissez ? demanda-t-il.

— Non.

— Vous n'avez mal nulle part ?

— Non. Je suis fatigué, c'est tout.

— Il faudrait vous arrêter au moins huit jours.

— Je ne peux pas. Donnez-moi ce qu'il faut pour me regonfler. J'ai des chantiers qui m'attendent.

Adrien hésita, observant l'homme, puis sa femme, blonde, les traits fins, les yeux clairs dans lesquels il lisait une angoisse mal contenue.

— Avant toute chose, décida-t-il, nous allons faire une prise de sang que je vais envoyer au laboratoire, à Guéret, afin d'avoir des résultats dans la journée.

— Vous croyez que c'est la peine ? s'insurgea l'homme. Prescrivez-moi un remontant, s'il vous plaît. Ça suffira.

Adrien ne répondit pas, mais sortit le nécessaire de sa mallette devant l'artisan qui demanda, soudain plus inquiet :

— Vous pensez à quoi ?

— Attendons les résultats des analyses. Au moins nous serons fixés.

Il exécuta la prise de sang, rangea le flacon avec précaution après avoir indiqué le nom, l'âge et l'adresse de l'artisan, puis il les quitta avec la désagréable impression d'être passé à côté du sujet. Cette sensation demeura en lui tout au long de la journée, au point de le rendre moins attentif aux patients qui se succédèrent au cours de la matinée et des consultations de l'après-midi.

Vers cinq heures, la secrétaire lui indiqua qu'un mail venait de parvenir de Guéret au sujet de M. Bonnefond.

— J'arrive, dit-il.

Il sortit de son bureau, lut avec consternation le mail qui faisait état d'un taux d'hémoglobine à six grammes par décilitre, c'est-à-dire dramatiquement bas, ce qui nécessitait une transfusion urgente de globules rouges. Il demanda à Mme Viguerie de téléphoner tout de suite au domicile de l'artisan, puis il reprit sa consultation où il l'avait laissée. Quelques minutes passèrent avant que ne se manifeste le voyant de son téléphone.

— Personne ne répond, docteur, fit Mme Viguerie.

— Insistez ! Rappelez.

Il restait trois personnes dans la salle d'attente, et il n'aurait pas fini avant dix-neuf heures. Il consulta la suivante, puis il interrogea Mme Viguerie qui lui dit :

— Ça ne répond toujours pas.

— Ils n'ont pas un portable ?

— Je n'ai que le numéro du fixe.

Il tourna la tête vers la salle d'attente, puis de nouveau vers sa secrétaire, et décida d'un coup :

— Il faut que j'y aille.

Il s'excusa rapidement en expliquant à ceux qui attendaient leur tour qu'il devait faire face à une urgence, puis il sortit et prit la même route qu'au matin, alors que la nuit tombait, enveloppant la campagne d'une longue écharpe humide et froide. Il songea vaguement qu'il ne s'était pas trompé, mais il se demanda encore une fois ce qui pouvait bien l'avoir alerté à ce point. Il faudrait qu'il en parle à l'hématologue de l'hôpital. L'hôpital, précisément ! Il fallait les prévenir de l'arrivée de ce malade, de manière à ce qu'ils s'en occupent en urgence.

Il s'arrêta sur le bord de la route, obtint le standard qui lui passa aussitôt les urgences. Il expliqua la situation, puis il appela sa secrétaire pour qu'elle leur communique les éléments figurant sur le mail. Quand il repartit, le brouillard des nuits froides s'était levé, il n'y voyait pas très bien, mais comme il avait parcouru la route au matin, il retrouva facilement le village et la maison des Bonnefond. Pas de lumière à l'intérieur. Il poussa le portail, alla sonner à la porte, mais personne ne répondit. Il frappa plusieurs coups, sonna une nouvelle fois, fit le tour de la maison pour voir s'il n'y avait pas un accès par-derrière, mais manifestement personne ne se trouvait là.

Un afflux de colère le prit à l'égard de cet homme qui se disait exténué le matin même, et qui n'était pas rentré chez lui à sept heures du soir. Revenant vers la route, il aperçut une lumière dans la maison d'à côté, et il se dirigea vers elle. Un chien aboya, la porte s'ouvrit sur une femme qui eut du mal à le retenir.

— Je suis le docteur Vialaneix. Je cherche M. Bonnefond.

Elle parut rassurée, houspilla son chien, puis demanda :

— Ils ne sont pas là ?

— Non. Savez-vous où ils peuvent être allés ?

— Peut-être chez son frère. Ils y vont parfois, le soir.

Elle porta la main droite à son front, ajouta :

— Il me semble les avoir entendus parler d'un anniversaire.

— C'est loin d'ici ?

— Cinq ou six kilomètres : à Mazière.

— Je ne connais pas.

— Sur la route de Bourganeuf. Une grande maison à la sortie du hameau, avec un portail vert.

Adrien remercia, repartit dans un brouillard de plus en plus épais, franchit un carrefour sans panneaux indicateurs, alla tout droit, s'arrêta en se demandant s'il ne s'était pas trompé et en se reprochant de n'avoir pas pris son GPS, qu'il avait donné à Mme Viguerie pour le faire actualiser. C'était à peine s'il distinguait les arbres sur le bord de la route, et il fut surpris de découvrir une maison surgie comme un fantôme dans la nuit, mais il comprit qu'il s'agissait d'une ferme isolée, et qu'il n'était pas encore à destination. Il aperçut alors les phares d'une voiture venant en sens inverse, et il eut envie de l'arrêter pour se renseigner, mais il n'en eut pas le temps. La nuit se referma devant lui, de plus en plus épaisse.

Cinq minutes plus tard, il arriva enfin au hameau de Mazière, le traversa, chercha un portail vert, mais comment deviner une couleur dans cette nuit profonde? Il s'arrêta, sortit devant la seule maison d'où filtraient des lumières, entendit des cris, s'approcha et sonna à la porte. Le vacarme des habitants des lieux lui fit penser qu'il s'agissait bien là d'une fête. Il dut sonner plusieurs fois avant que la porte ne s'ouvre sur un homme qui lui parut un peu éméché et qui eut du mal à réagir quand il se présenta.

— Docteur Vialaneix. Je voudrais parler à M. Bonnefond.

— C'est moi.

— Non. Votre frère. Il n'est pas là?

Devant son hésitation à répondre, Adrien eut un instant de panique, mais il fut rassuré quand l'homme l'invita à entrer, non sans l'interroger d'une voix pâteuse:

— Vous m'avez dit que vous étiez qui?

— Docteur Vialaneix.

Une minute plus tard, le malade et sa femme apparaissaient devant lui en le dévisageant comme s'il était descendu par la cheminée. Il leur fallut un long moment avant de comprendre qu'il devait partir tout de suite à l'hôpital où il était attendu.

— Vous êtes sûr que c'est de moi qu'il s'agit? demanda-t-il à plusieurs reprises.

— Tout à fait sûr.

— Ça ne peut pas attendre demain matin?

— En aucun cas.

— Mais qu'est-ce que j'ai?

— Un problème sanguin : pas assez de globules rouges.

— C'est si grave que ça ?

— Partez tout de suite. J'ai prévenu les urgences.

Adrien insista pour que la famille accourue dans le couloir abrège les adieux, puis il accompagna l'artisan jusqu'à sa voiture où il demanda à sa femme :

— Vous pouvez conduire ?

— Non ! fit-elle. Je ne crois pas. J'ai trop peur...

Décidément, il n'en sortirait pas. Il décida alors sans la moindre hésitation :

— J'appelle une ambulance.

Quand ce fut fait, il reconduisit l'homme et la femme dans la maison, le temps que l'ambulance arrive. Il dut alors faire face à des questions précises, auxquelles il répondit sans dissimuler la vérité, tellement ses passagers paraissaient réticents à partir. Au bout d'un quart d'heure, excédé par leur incrédulité de plus en plus agressive, il conclut en disant :

— Si on ne fait rien dès cette nuit, demain matin vous pouvez être mort.

Dès lors, ce fut un silence accablé qui régna jusqu'à ce que la voiture arrive, et Adrien ne fut rassuré que lorsque son patient fut pris en charge, accompagné par sa femme qui voulut rester près de lui. Une fois que le véhicule eut disparu, Adrien repartit seul, conduisant lentement dans ce brouillard qui ne s'estompait pas, laissant maintenant la tension retomber en lui. Parvenu à Saint-Victor, il se coucha sans se déshabiller et s'endormit aussitôt.

Le lendemain matin, il eut beaucoup de difficulté à se lever, et il dut avaler un deuxième café en arrivant au cabinet. Mme Viguerie le considéra avec des reproches muets dans le regard, le soupçonnant d'avoir veillé très tard – et en quelle compagnie ? elle aurait bien voulu le savoir. Elle parut rassérénée quand il lui demanda d'appeler l'hôpital pour obtenir des nouvelles de l'homme envoyé la nuit dernière aux urgences. Mylène arriva sur ces entrefaites en ayant perdu son sourire habituel, et il le remarqua malgré ses efforts pour le cacher. Il la rejoignit dans son bureau, mais elle lui tourna le dos. Il s'approcha, voulut la faire pivoter, mais elle s'y refusa.

— Qu'est-ce qui se passe ? demanda-t-il.

Elle ne répondit pas, continua à emplir sa mallette de seringues et de pansements, s'essuyant furtivement les yeux d'un revers de main.

— Parle-moi. Tu sais bien que je n'ai pas le temps.

Il la prit dans ses bras et cette fois elle ne s'y opposa pas. Au contraire, elle enfouit son visage contre sa poitrine, ne bougea plus.

— Alors ? Qu'y a-t-il ?

Elle laissa passer quelques secondes avant de répondre :

— Je lui ai dit que j'allais le quitter, et il est devenu agressif.

Elle ajouta aussitôt, dans un rire forcé :

— Tu me connais. Je me suis défendue.
— Tu es blessée ?
— Non. Ce n'est rien.
— Tu es sûre ?
— Mais oui.

Il soupira, demanda encore :
— Et ensuite ?
— Je me suis enfuie, et je suis allée dormir chez une amie à Bénévent. Je ne reviendrai pas chez moi.
— Mais non, fit-il. Bien sûr que non.

Elle s'écarta de lui, sourit, se remit à ranger sa mallette nerveusement.
— On se voit à midi, si tu veux.
— Si tu veux. À midi. Merci.

Mme Viguerie donna à Adrien la liste des visites sans le moindre commentaire, et il devina que cette journée s'annonçait vraiment mal, ce que lui confirma sa première halte : dans une ferme isolée, un frère et une sœur très âgés vivaient ensemble depuis toujours, sans jamais s'être mariés. Elle souffrait d'une grippe avec des complications pulmonaires, et Adrien comprit rapidement qu'elle devait être hospitalisée.
— S'il vous plaît, docteur, ne faites pas ça, gémit-elle.
— Quelques jours seulement.

Son frère lui tenait la main avec un air désespéré, comme s'il redoutait de la perdre définitivement. Elle tentait de se redresser sur l'oreiller, mais elle n'en avait pas la force.
— Il ne peut pas rester seul, bredouilla-t-elle. Il ne sait pas faire le ménage ni la cuisine.

Adrien s'assit sur le bord du lit, afin de mieux pouvoir l'ausculter : la grippe avait évolué en pneumonie.
— Quel âge avez-vous ? demanda-t-il.
— Quatre-vingt-deux ans.

Et, se tournant vers le frère :
— Et vous ?

— Quatre-vingt-cinq.

— S'il vous plaît, reprit la malade, je préfère rester chez nous.

Il y avait une telle prière, un tel désespoir dans la voix, qu'Adrien eut un instant d'hésitation. Mais la tension était très basse, la fièvre au-dessus de 40, et elle avait beaucoup de mal à respirer. Il essaya de la rassurer, mais sans être persuadé de ce qu'il avançait :

— Pas plus d'une semaine... Ce n'est rien, une semaine.

Les beaux yeux gris de la patiente s'emplirent de larmes, et il comprit qu'elle avait capitulé au moment où elle demanda à son frère :

— Tu pourras patienter huit jours ?

Il se pencha sur elle pour l'embrasser, dans un geste d'acquiescement si touchant qu'Adrien en fut remué. Il se leva, passa dans la cuisine qui, sombre et dénuée de tout confort, n'avait pas changé depuis le milieu du siècle dernier : une table épaisse revêtue d'une toile cirée, une cuisinière en fonte, une cheminée ouverte munie de trépieds noircis par des années de feu quotidien. De là, il téléphona à Mme Viguerie pour qu'elle appelle une ambulance. Il lui demanda également de prendre contact avec l'assistante sociale du canton, afin que le service d'aide à domicile prévoie des repas pour le frère. Puis il revint dans la chambre où il se mit à rédiger un courrier pour les urgences, et il décida d'attendre l'ambulance. Il ne pouvait pas les laisser seuls, perdus, dépassés par ce qui leur arrivait de pire : une séparation au crépuscule de leur vie, alors qu'ils ne s'étaient jamais quittés.

— Tu prendras soin de toi, recommanda-t-elle à

son frère en se dressant à demi, avant de retomber, anéantie, sur l'oreiller.

Adrien s'employa à les rassurer davantage pendant le quart d'heure qui suivit, mais leur séparation fut un déchirement : le frère tint la main de sa sœur jusque dans l'ambulance, puis elle lui fit un petit signe avant que la porte ne se referme sur elle, et Adrien le raccompagna dans la maison où il s'assura qu'il pouvait le laisser seul. Le frère s'était assis devant la cheminée, les bras posés sur ses genoux, penché un peu vers l'avant, et il regardait le feu avec une sorte de tremblement inquiétant.

— Je repasserai vous voir en fin de matinée, dit Adrien.

L'homme voulut se lever en disant d'une voix à peine audible :

— Je ne vous ai pas payé.

— Quand je repasserai, fit Adrien. Ça ne presse pas.

Puis, comme il devait partir vers les nombreux malades qui l'attendaient, il demanda :

— Ça ira ?

Le frère hocha la tête mais ne répondit pas. Adrien s'en alla avec la sensation de l'abandonner à son sort, mais comment faire autrement ? Comme souvent en quittant un malade, il garda en lui cette désagréable impression, jusqu'à ce que les préoccupations des visites suivantes la lui fassent oublier.

Elles ne furent pas de tout repos, les visites, ce matin-là, notamment celle de Châteleix, au cœur du village où un homme souffrait, disait-il, d'une grippe avec de fortes douleurs au ventre. En l'auscultant, Adrien rencontra un signe important de défense à la palpation de l'abdomen qui ne le trompa pas : péritonite. Il injecta un antalgique, composa le 15, attendit l'ambulance, puis il repartit vers d'autres malades et n'en termina que vers une heure de l'après-midi.

Il repassa alors chez le frère désormais solitaire et constata qu'un repas avait été livré, mais qu'il n'y avait pas touché. Le vieil homme était assis à table, le regard perdu, ne songeant même pas à se nourrir.

— Il faut manger, dit Adrien en s'asseyant près de lui.

— Je n'ai pas faim.

— Votre sœur va revenir bientôt. Ne vous laissez pas aller. Ce n'est rien, huit jours.

Et, comme l'homme ne répondait pas :

— Vous n'aimez pas le poulet ?

— Si.

Outre le plat principal, il y avait aussi sur le plateau du céleri rémoulade, de la purée, un yaourt et une banane.

— C'est bon, reprit Adrien, vous allez voir.

Et il prit la fourchette et le couteau pour couper la viande en petits morceaux, non sans songer à Mylène qui devait l'attendre.

— Faites un effort, dit-il. Pensez à votre sœur. Il faut qu'elle vous retrouve en bonne santé en revenant chez vous.

— Elle ne reviendra jamais, murmura le vieil homme.

— Mais bien sûr que si ! Que dites-vous là ?

Comment pouvait-il en être sûr ? Il s'en voulut et se

sentit coupable. Il reprit alors la fourchette, piqua un morceau de viande et le tendit à l'homme en disant, mais d'une voix dure, sans la moindre aménité :

— Mangez ! Il le faut !

Il n'avait pas le temps, mais comment demeurer insensible face à une telle détresse ? Le vieil homme tourna la tête vers lui et, surpris par le ton d'Adrien, se saisit de la fourchette et la porta à sa bouche.

— C'est bien ! Continuez !

Il lui fallut un long moment avant d'avaler la première bouchée, mais il se resservit de lui-même, et continua de manger lentement, non pas la viande, mais la purée.

— Il faut que je parte, dit Adrien, mais quelqu'un passera dans l'après-midi, pour vérifier si vous avez tout mangé.

Il pensait à Mylène, qu'il allait charger de cette mission et qui accepterait, il en était certain, comme chaque fois qu'il lui demandait un service de ce genre. Il prit congé du vieil homme après une dernière recommandation, et il s'aperçut qu'il n'avait même pas consulté son portable. Un SMS de Mme Viguerie lui indiquait que le patient à l'anomalie globulaire avait bien été transfusé et qu'il était pour le moment hors de danger. Quelle heure était-il ? Deux heures moins le quart. Adrien repartit le plus vite possible, car il avait faim et Mylène devait l'attendre dans la petite salle de restaurant qui représentait pour l'un et pour l'autre une halte réconfortante en milieu de journée.

Elle s'y trouvait, en effet, mais elle ne voulut pas revenir sur le sujet évoqué au matin, et elle lui demanda seulement s'il n'était pas trop fatigué. Il lui parla du frère et de la sœur séparés, du déchirement qu'ils avaient vécu en sa présence, et elle lui promit d'y passer en fin d'après-midi.

— Et toi ? l'interrogea-t-il en engloutissant des frites et un morceau de faux-filet.

— Rien de spécial.

Elle reprit, comme il ne répondait pas, haussant légèrement les épaules :

— Vaccins, ulcères variqueux, injections d'insuline pour le diabète et d'anticoagulants contre les phlébites.

— Et ton épaule ?

— Ça va.

Il attendit un instant avant de demander, du bout des lèvres :

— Tu vas dormir où, ce soir ? Chez ton amie ?

— Oui.

— Sinon, tu...

Il se tut, mais elle devina ce qu'il allait dire, et elle sourit en disant :

— Merci. Mais non, il ne faut pas.

Elle ajouta, tout bas, baissant la tête sur son assiette :

— Pas encore.

Ils achevèrent de déjeuner rapidement, mais il garda en lui, précieusement, ce « pas encore », qui avait résonné comme une promesse.

Quand ils revinrent au cabinet, la salle d'attente était pleine. L'après-midi s'annonçait long et difficile, et il commença de la manière la plus pénible qui soit, avec l'entrée dans le cabinet d'une femme d'une cinquantaine d'années qui déclara, à peine assise, d'un ton désagréable :

— C'est pour un certificat.

Adrien ne l'avait jamais vue. Elle avait un visage sévère, des yeux froids, sans expression, mais elle était bien apprêtée, en tout cas beaucoup mieux que les gens de la campagne.

— Il faudrait peut-être d'abord que je vous examine, dit-il.

— Ce n'est pas nécessaire, car ce n'est pas pour moi.

Elle ne cillait pas, le fixait de ses prunelles grises sans la moindre émotion apparente.

— C'est pour ma mère.
— Je la connais ?
— Non.

Il attendit, de plus en plus intrigué.

— Je vous explique, reprit-elle. Je suis certaine que vous allez comprendre. Voilà : ma mère a été hospitalisée pour des problèmes d'hypertension et de diabète. Soignée à Guéret, elle va sortir lundi.

La visiteuse prit une sorte d'inspiration profonde pour poursuivre de la même voix pleine d'assurance :

— Il ne faut pas.
— Ah bon ? fit Adrien.
— Non. Ce n'est pas possible, car elle ne pourra pas rester seule dans sa maison : ce serait trop dangereux pour elle. Il faut à tout prix qu'elle accepte d'aller dans un établissement spécialisé où on veillera sur elle.

Elle attendit un acquiescement d'Adrien qui ne vint pas, ce qui parut la contrarier.

— Le problème, c'est qu'elle refuse absolument, reprit-elle. Il me faut donc un certificat médical qui la contraigne à cette solution, si vous voyez ce que je veux dire.

— Je vois, fit Adrien, mais pourquoi ne pas demander à son médecin traitant ?

— Il a refusé. Mais vous, d'après ce qu'on m'a dit, vous êtes très compréhensif.

Dans sa détermination hautaine, elle ne se rendit pas compte de la crispation des mâchoires d'Adrien, et elle reprit :

— À ceci s'ajoute que mon fils doit s'installer comme ophtalmologiste et que nous avons besoin de vendre la maison de ma mère pour l'y aider. Vous comprenez ?

Elle ajouta, devant le silence d'Adrien qui essayait de se contenir :

— Je suis sûre que vous êtes capable de me comprendre, vous.

— Et qu'est-ce qui vous fait croire ça, madame ? Madame comment, s'il vous plaît ?

— Madame D…

Elle eut comme un doute soudain, mais elle poursuivit :

— Eh bien ! Je pense qu'un jeune médecin comme vous l'êtes a besoin de se faire de la clientèle, n'est-ce pas ? Il est donc nécessairement enclin à quelques accommodements. Les réputations vont vite dans nos petits pays. Et donc je suis certaine que nous allons pouvoir nous entendre…

Adrien laissa passer de longues secondes afin de calmer les battements de son cœur et la colère noire qui montait en lui. Elle fit apparaître un porte-monnaie en cuir de son sac à main, puis deux billets de cinquante euros.

— Sortez! cria-t-il.

La violence de sa voix l'avait lui-même surpris, et il comprit qu'il avait été entendu depuis la salle d'attente.

— Sortez! répéta-t-il, un ton plus bas, tandis que, pétrifiée, la soi-disant patiente prenait un air offensé et répliquait:

— Vous êtes aussi sot que l'autre. Tous les mêmes, les médecins!

Il se leva d'un bond si brusque qu'elle prit peur et recula rapidement vers la porte qu'elle ouvrit en lançant, afin que tout le monde l'entende:

— Incompétent, et très impoli, par-dessus le marché!

Mme Viguerie s'était dressée, mais Adrien lui fit signe de ne pas bouger et il rentra dans son cabinet pour essayer de se calmer. Cinq minutes passèrent, durant lesquelles il s'efforça de penser uniquement au « pas encore » de Mylène, puis Mme Viguerie frappa à la porte et demanda:

— Ça va, docteur?

— Mais oui. Faites entrer le patient suivant.

Et il reprit ses consultations avec le plus de concentration possible, sans se douter qu'il n'était pas arrivé au terme de cette journée si difficile: une fille et sa mère entrèrent les dernières, vers sept heures du soir, « pour une babiole », assura la mère. Adrien l'avait vue une fois, pour des problèmes gynécologiques, lui sembla-t-il. Mais ce n'était pas pour elle qu'elle venait consulter ce soir-là. C'était pour sa fille de quinze ans, prénommée Marion, très belle, les cheveux en boucles brunes, les yeux clairs, avec beaucoup d'intelligence et de vivacité dans le regard. Elle souffrait d'un eczéma au bras qui ne se résorbait pas.

— Elle transpire beaucoup la nuit, précisa la mère, et elle est fatiguée.

Adrien examina l'eczéma et il se souvint qu'il en avait vu un de cette sorte au CHU, chez un jeune homme, qui s'était révélé être un lymphome après analyses. Alerté par ce souvenir, il ausculta la jeune fille et finit par découvrir ce qu'il redoutait : des gros ganglions axillaires, anormalement palpables. Il dissimula sa mauvaise impression et prescrivit une prise de sang en disant simplement :

— Nous allons faire quelques examens, afin de mieux cibler le traitement à venir.

Rassurées, la mère et sa fille s'en allèrent, mettant fin à cette journée épuisante, qui laissa Adrien encombré d'une sorte de malaise dont la nuit ne le délivra pas.

Il partit le dimanche matin vers onze heures pour Limoges, chez ses parents, comme promis, et parvint à oublier, sur la route familière, les soucis des derniers jours. Il savait qu'il les retrouverait intacts dès le lendemain, mais il savait aussi qu'il était indispensable de les mettre de côté pour quelques heures, sans quoi il serait bientôt submergé. Savoir s'en protéger n'était pas chose facile ; il fallait l'apprendre, ce à quoi il s'efforçait depuis que tant de gens, hommes, femmes et enfants, lui faisaient confiance, et, pour la plupart, remettaient leur vie entre ses mains.

Parfois, la conscience de cette responsabilité l'accablait. Il songeait alors à ses neuf années d'études, à son expérience d'interne en différents services du CHU et à celle de ses remplacements de généraliste, mais jamais il n'en tirait la certitude de pouvoir tout détecter, de ne pas passer à côté d'un mal dont la gravité allait condamner un patient par sa faute. Et c'était cette confiance qui le touchait le plus : comment un homme pouvait-il accepter qu'un autre homme remette en son pouvoir son existence ? N'y avait-il pas là, de la part du premier, un excès d'orgueil : une supercherie que les lacunes de la science aggravaient, une tromperie sur laquelle un esprit normal, raisonnable, ne pouvait que s'interroger ? Il avait décidé une bonne fois pour toutes qu'il était sincère dans ses convictions, le plus sérieux possible dans son travail, et que le regard des patients, une fois guéris, justifiait le métier qu'il avait choisi depuis son plus jeune âge. Et cependant, que de doutes, de questions pas vraiment résolues, de scrupules à repousser, de volonté à forger chaque matin pour repartir à la rencontre des malades qui espéraient en lui !

De chaque côté de la route, les arbres avaient perdu presque toutes leurs feuilles à cause des premières gelées. L'hiver s'installait lentement, sûr de sa force, assurant sa poigne sur les prés, les champs et les bois. Bientôt la neige ferait son apparition, et Adrien imaginait déjà le manteau blanc qu'il trouverait au matin, semblable à celui, si précieux mais si lointain, des Noëls d'autrefois. Il se souvenait d'un, en particulier, à Saint-Victor, où ils avaient été bloqués par la neige dans la maisonnette de Louise, ses parents et lui, et de la magie du feu dans la cheminée, auprès duquel il avait trouvé les jouets espérés. L'odeur du bois, des châtaignes qui grillaient sur les braises, la main de Louise dans ses cheveux, la pelisse blanche griffée par les oiseaux au-dehors demeuraient l'un des trésors de sa vie. Mais à qui aurait-il pu livrer ce genre de confidence, dérisoire sans doute, aujourd'hui ? Au reste, cela ne s'était jamais reproduit, son père refusant de renouveler l'expérience, de crainte de repasser trois jours loin des fastes lumineux de la grande ville.

Il quitta la nationale pour s'engager sur l'autoroute peu fréquentée à cette heure-là, mais le paysage ne changeait pas : des chênes touffus au bord des prés d'un vert profond peuplés de vaches limousines, par endroits des résineux – pins sylvestres et sapins –, qui veillaient comme des sentinelles au sommet des collines, des fermes grises d'où ne sortait aucune silhouette paysanne, comme si la vie se terrait devant les foyers. Et cela jusqu'aux premiers immeubles de la ville, ceux des grandes cités de banlieue où Adrien avait fait quelques visites lors de ses remplacements de généraliste.

Il avait découvert là une population très différente de celle de la campagne, d'origine étrangère essentiellement, au contact de laquelle il ne s'était pas senti familier. Il devait être raccompagné à la sortie des immeubles par des membres de la famille chargés d'assurer sa sécurité. Les « aînés » savaient que les médecins acceptant de venir soigner là se faisaient de plus en plus rares. Adrien n'avait pas eu peur, jamais il ne s'était senti en danger, mais seulement étranger à cette population dont, souvent, il ne comprenait pas le langage. Et pourtant les corps étaient les mêmes, les souffrances aussi. Il s'en était longtemps voulu de la distance qu'il ne parvenait pas à combler, mais aujourd'hui un peu moins : si les hommes, les femmes et les enfants étaient bien les mêmes, la culture était différente, tout simplement.

Quittant la rocade, il prit à droite et, au rond-point, remonta la belle avenue Ernest-Ruben où se trouvait la grande maison mitoyenne de ses parents – celle où il avait grandi, choyé comme seuls, souvent, le sont les fils uniques. Son père avocat et sa mère professeur de lettres avaient imaginé pour lui un avenir brillant de chirurgien, et ils n'avaient pas vraiment accepté son choix de devenir généraliste à la campagne. Ils ne le lui avaient jamais avoué, mais il avait compris à quelques allusions qu'ils étaient déçus. Surtout son père. Sa mère, elle, même si elle ne le disait pas, le comprenait et en même temps se sentait coupable d'avoir fortifié chez son fils le besoin de contact avec un monde voué à disparaître. Un monde condamné, sans avenir visible, peut-être à jamais perdu.

Mais justement : il ne renonçait pas, lui, et toute son énergie était destinée à le maintenir vivant, parce qu'il ne pouvait pas se résigner à le voir disparaître. Il savait que résidait en lui quelque chose d'infiniment précieux, venu du fond des temps, des longs siècles accumulés dans un équilibre qui avait permis à l'humanité d'assurer sa permanence. Jusqu'à ce que le lien avec ce monde naturel soit rompu aujourd'hui, et que l'on ne vive plus, désormais, que dans sa représentation par l'image...

Il retrouva non sans plaisir le salon meublé avec goût, qui n'avait pas changé depuis son enfance, à part les fauteuils de cuir vert qui avaient le lustre et l'odeur du neuf. Il se laissa servir un whisky par son père, qui, lui non plus, remarqua Adrien, n'avait pas changé malgré ses cinquante-cinq ans. Peu de cheveux blancs, le même éclat d'intelligence vive dans les yeux, toujours mince et élégant, il déclara, tandis que sa mère s'asseyait à son tour :

— On est contents de te voir. Ce n'est pas si fréquent.

Et, comme pour effacer le reproche que ces mots laissaient sous-entendre :

— Tu as l'air en forme.
— Ça va ! répondit Adrien.

Tous deux l'observaient avec un sourire d'affection qui lui rappelait l'enfant qu'il avait été, et cela ne lui était pas désagréable.

— Je t'ai mis quelques livres de côté, dit sa mère, dont les yeux clairs avaient, lui sembla-t-il, encore un peu pâli. Ses cheveux étaient plus courts, mais de ce blond platine qui lui donnait une froideur apparente mais fausse.

— Merci. Mais je n'ai pas le temps de lire, tu sais.
— Je sais, fit-elle en souriant.
— Et tes malades ? demanda son père en voulant paraître s'intéresser à une population qu'il ne fréquentait guère.

Adrien ne refusa pas d'entrer dans ce jeu, car il

n'avait pas désespéré de les convaincre un jour qu'il avait fait un choix non seulement estimable, mais également digne du plus grand respect :

— Des grippes, des bronchites, et tous les maux d'une population âgée : hypertension, artérite, diabète, phlébites, cholestérol, et donc infarctus, cancers, alzheimers, sans parler des affections moins fréquentes et donc beaucoup plus difficiles à détecter... et à soigner.

Il regretta de s'être livré à ce tableau qui ne prenait pas en compte les problèmes familiaux et sociaux rencontrés chaque jour, mais il n'eut pas envie de s'appesantir davantage, et demanda :

— Et vous ? Comment ça va ?

— Bien ! dit son père. Mon cerveau fonctionne encore à peu près.

Il ajouta, souriant :

— De toute façon je ne m'inquiète pas : j'ai un fils qui me soignera, pourvu qu'il ne s'éloigne pas trop de moi.

— Soixante-dix kilomètres, précisa Adrien. Pas même une demi-heure par l'autoroute.

Sa mère devina qu'il fallait changer de sujet, et elle les invita à passer à table.

— Je t'ai cuisiné un gigot, dit-elle, je sais que tu aimes ça.

Adrien aimait ça, en effet, moins pour la saveur de ce mets que pour le goût d'enfance qui allait fleurir dans sa bouche. Il la remercia, s'assit face à son père qui se mit à raconter son dernier voyage en Afrique, la misère qui régnait là-bas. Sa mère parla d'un colloque sur la littérature américaine auquel elle s'était rendue, à Montpellier, et le repas se déroula très bien jusqu'au moment où elle déclara :

— J'ai croisé Sandrine l'autre jour, dans la rue du Clocher, et elle m'a demandé de tes nouvelles.

Adrien accusa le coup, se crispa :

— Si elle n'en a pas, c'est parce qu'elle a tout fait pour ne plus en avoir.

Un lourd silence succéda à ces mots qu'il n'avait pu retenir.

— Elle était gentille, avança son père.

Il ajouta, de façon imprudente :

— Et jolie, par-dessus le marché.

Puis, comme Adrien demeurait silencieux :

— Bon ! Je suppose que le sujet est clos.

La mère d'Adrien voulut poser sa main sur celle de son fils, mais il la retira dans un mouvement d'humeur qu'il regretta aussitôt.

— Ne te fâche pas, fit-elle. Je disais ça comme ça. Je sais bien que tu as l'âge de savoir ce que tu veux.

— Exactement !

— Simplement, ajouta-t-elle, je voudrais bien un jour avoir des petits-enfants.

Il soupira en comprenant que ce repas risquait de mal se terminer, et il prit sur lui, avant de murmurer :

— Chaque chose en son temps.

— Bien sûr, fit-elle. Tu as tellement de travail…

— Voilà : j'ai beaucoup de travail et je ne peux pas penser à tout en même temps.

Ensuite ils parlèrent de la maison de Saint-Victor, des travaux à envisager pour la rendre plus confortable, et Adrien proposa de les financer.

— Tu fais ce que tu veux, dit sa mère. De toute

façon, cette maison comme celle d'ici te reviendra un jour. Considère-la d'ores et déjà comme la tienne.

— Merci.

— Ne me remercie pas. J'aurais été malheureuse de devoir la vendre.

Puis elle lui montra les livres qu'elle lui avait rapportés de Montpellier : *Dalva* de Jim Harrison, *La Rivière du sixième jour* de Norman Maclean, et *Feuilles d'herbe* de Walt Whitman.

— Je suis sûre qu'ils t'intéresseront, fit-elle.

— Encore merci.

Ils s'attardèrent un long moment au salon, en parlant de leurs connaissances communes, et il refusa de donner un avis sur l'état de santé d'un ami de son père, qui souffrait de violentes douleurs dans l'abdomen.

— Il sera bien soigné au CHU, dit seulement Adrien.

Puis il se leva pour s'en aller, ce qui désola sa mère :

— Déjà ! fit-elle.

— Oui, déjà !

Elle sourit, demanda :

— On t'attend, peut-être ?

— Oui, dit-il, on m'attend.

Il les embrassa avec toute l'affection dont il était capable, puis il repartit très vite vers l'univers qu'il avait quitté au matin, avec l'impression de regagner un refuge dont il n'aurait jamais dû s'éloigner.

3

Un peu de neige se mit à tomber trois semaines plus tard et rendit les routes très difficilement praticables. Adrien avait fait monter deux pneus neufs sur son SUV, mais il ne parvenait pas à passer partout sans prendre de risques, et il songea qu'il devrait acheter un quatre roues motrices avant les grands froids. En cette saison, en effet, les malades hésitaient à se déplacer et les visites à domicile se multipliaient.

Les semaines précédentes lui avaient apporté le meilleur et le pire : la jeune fille à l'eczéma souffrait bien d'un lymphome, et Adrien avait tout fait pour la rassurer quant au traitement à venir. Après avoir accusé le coup, elle s'était montrée déterminée, combative, au contraire de sa mère qui avait sombré dans la dépression. Il se rendait régulièrement à leur domicile pour les soutenir, d'autant que Marion avait commencé une chimiothérapie à l'hôpital, et qu'elle s'inquiétait surtout de savoir si elle allait perdre ses cheveux.

— Si c'est le cas, lui dit-il, ils repousseront encore plus beaux que ceux que tu as aujourd'hui.

Elle le croyait, car elle avait confiance en lui.

Un soir, à la fin des consultations, il avait eu l'agréable surprise de recevoir M. Bonnefond et son épouse venus le remercier pour avoir pris soin de le chercher dans la nuit après les résultats d'analyses ayant fait apparaître un grave déficit en globules rouges. Il ne souffrait ni d'un cancer du côlon ni d'une cirrhose, comme Adrien l'avait craint, mais seulement d'une angiodysplasie, c'est-à-dire d'une malformation veineuse responsable de saignements occultes.

— Vous m'avez sauvé la vie ! avait assuré l'artisan. Et je ne l'oublierai jamais.

— Je n'ai fait que mon métier, avait répondu Adrien.

— Vous savez, avait repris l'artisan, il y a différentes manières d'exercer son métier. Je le vérifie chaque jour sur les chantiers.

Et il avait conclu en partant :

— Si vous avez besoin de mes services, n'hésitez pas à faire appel à moi. Ce sera avec plaisir.

Sans vouloir se l'avouer, Adrien avait été touché par cette reconnaissance, comme il l'avait été chaque fois qu'elle s'était manifestée, et notamment avec la vieille femme qui lui avait apporté des champignons. Il en était toujours fortifié, heureux, pacifié. Le lendemain, au restaurant, il l'avait expliqué à Mylène qui s'était réjouie pour lui, mais cela n'avait pas duré : de son côté, elle bataillait contre son époux dont l'avocat l'accusait d'abandon de domicile. Mais il savait Mylène combative, de nature gaie, capable de se défendre contre tout ce qui entravait sa soif de vie, avec une énergie qu'elle lui insufflait aussi, naturellement, sans s'en rendre compte.

C'est à elle qu'il pensait, ce matin-là, en se rendant à sa première visite dans le jour à peine levé, où la route traçait un sillon plus sombre que les champs et les prés. Quelques corbeaux apparaissaient dans la lueur des phares, seule présence de vie dans cette campagne pétrifiée où, cependant, Adrien décelait une paix de premier jour du monde – une vie secrète qui lui paraissait apparentée à celle des contes d'autrefois. La neige avait toujours été pour lui liée à l'enfance, et pour cette raison, sans doute, malgré le verglas et le danger, il ne la redoutait pas. Au contraire : il y glissait avec l'impression que pouvaient surgir au détour de la route un ogre aux bottes de sept lieues ou un père Noël sur son traîneau, venus de pays fabuleux. Il sourit à cette vision qui venait de lui faire oublier ses pensées négatives, et il se sentit délicieusement en accord avec ce monde et avec la vie qu'il avait choisie.

C'est avec ce même sourire qu'il sortit de sa voiture devant la maison du village de Maslafarges où il avait été appelé. La neige craqua sous ses pieds avec un bruit de feutre pressé, soulignant le silence d'étoupe qui calfeutrait les rues.

Il sonna à la porte qui s'ouvrit sur une femme d'une cinquantaine d'années, petite, ronde, les cheveux couleur de paille, le regard affolé.

— C'est pour mon mari, dit-elle. Suivez-moi, je vous prie.

Adrien pénétra derrière elle dans une chambre tapissée d'un lampas vert au milieu de laquelle trônait un très vieux lit à dosseret. Là, un homme chauve, en sueur, haletait, incapable de parler.

— Cela fait trois jours qu'il a beaucoup de mal à uriner, dit-elle.

— Et c'est seulement aujourd'hui que vous m'appelez ?

— On ne voulait pas vous déranger. Avec cette neige, vous pensez !

L'homme était gris, en état de choc, et Adrien n'eut aucun mal à diagnostiquer une prostatite qui évoluait en septicémie. Il fallait l'hospitaliser le plus vite possible.

— Tout de même ! Avoir attendu tant de temps ! reprocha-t-il à l'épouse qui venait simplement de prendre conscience de la gravité de la situation.

— Je le lui ai dit, se défendit-elle, mais il a toujours refusé de vous appeler.

Adrien mesurait une fois de plus à quel point ces hommes étaient durs au mal, comme si, dans leur mémoire, confusément, jouaient encore les vieux réflexes d'autrefois : apprivoiser la douleur, combattre soi-même, avant de faire appel à un médecin qu'il faudrait payer, alors que l'argent était rare et que n'existait encore aucune protection sociale.

— Il n'a jamais fait analyser son PSA ?

— Son quoi ?

Adrien renonça, prit l'appel de Mme Viguerie qui lui indiqua une visite plus urgente que celles qu'elle lui avait confiées au départ, puis il se fit payer, attendit le Samu, et enfin il partit, tout en recommandant à la femme du malade de suivre son mari.

— C'est donc si grave ?

— Ne le laissez pas seul, dit-il simplement en lui serrant la main. Il peut avoir besoin de vous.

La nouvelle urgence se trouvait à trois kilomètres seulement, mais sur une colline plantée d'énormes chênes et de sapins. Sa voiture dérapa, se tourna en travers dans une côte qui demeurait à l'ombre toute la journée et ne dégelait pas. Heureusement, ses roues ne glissèrent pas dans le fossé, et il put repartir, après avoir pris appui sur l'herbe du côté gauche, mais en conduisant plus lentement, à présent, et en se promettant une nouvelle fois d'acheter un quatre roues motrices, peut-être même plus tôt qu'il ne l'avait prévu. Mylène, qui connaissait bien l'hiver dans la région, l'avait prévenu du danger couru sur les routes, mais il s'était montré négligent et il le regrettait. D'autant qu'il croisait très peu de voitures susceptibles de le dépanner en cas de problème grave. Que ferait-il s'il était bloqué dans un fossé et si son portable ne passait pas ?

Il se posait encore la question quand il déboucha sur un plateau où le soleil avait fait son apparition. Un peu rassuré, il accéléra et parvint rapidement au village où il avait été appelé : quelques maisons grises et basses pour résister au vent, une église au clocher surmonté d'une croix à moitié détruite, une petite place aux tilleuls défeuillés, sur laquelle il se gara d'autant plus facilement qu'elle était déserte.

Un homme jeune, brun, en manches de chemise malgré le froid, l'attendait au milieu de la route et s'avança vers lui dès qu'Adrien eut saisi sa mallette à l'arrière.

— Docteur Vialaneix ?

— C'est moi.

— Je vous ai appelé pour ma femme qui souffre de maux de tête violents depuis trois jours.

— Trois jours ?

— Oui. Trois jours.

Décidément ! Il ressentait toujours cette même impression de révolte – de colère ? – devant l'incapacité de certaines familles à faire appel à un médecin avant qu'il ne soit trop tard, mais il n'en dit rien à l'homme qui le précéda dans une chambre où une jeune femme, apparemment du même âge que lui, reposait sur le dos, les yeux clos, deux oreillers soutenant sa tête douloureuse. Elle eut un faible sourire en le découvrant, mais referma les yeux aussitôt.

Il s'assit au bord du lit, lui prit la main et demanda :

— Vous avez de la fièvre ?

— Un tout petit peu.

— Vous vomissez ?

— J'ai vomi hier, une fois, quand la douleur était trop forte.

— Vous avez constaté une modification de votre champ visuel ?

— Non.

— Une perte d'équilibre au moment où la douleur a commencé ?

— Non. Je ne crois pas.

Il fut rassuré de ne pas retrouver les éléments cliniques qui évoquent une urgence vasculaire. Seul le vomissement lui posait problème. Il lui prit la tension – un peu élevée –, l'examina afin de déceler une asymétrie du visage, ou des troubles sensitifs.

— Est-ce que ces douleurs sont progressives ou

apparaissent très brutalement, comme un coup de tonnerre ?

— Un coup de tonnerre ? fit-elle, affolée. Non ! Pas vraiment.

Il pouvait écarter le pronostic d'hémorragie cérébrale ou d'accident vasculaire cérébral – bien que le vomissement de la veille soit un peu préoccupant.

— Vous n'avez pas vomi depuis hier ?
— Non.
— Est-ce que vous avez mangé ?
— Un peu.
— Est-ce que vous avez déjà connu ce genre de problème ?
— Une fois ou deux, mais ça ne durait pas si longtemps.

Il hésitait, craignant une nouvelle fois de passer à côté du bon diagnostic, les céphalées pouvant traduire des tumeurs ou des accidents cérébraux.

— Vous êtes sûre que vous n'avez pas de fièvre ?
— 37,5 hier au soir.
— Bon.

Il trancha pour une crise migraineuse, prescrivit un triptan contre la douleur et, pour les jours à venir, un traitement préventif sous forme de Propanolol dosé à quarante milligrammes par jour. Mais un doute subsistait en lui, et il mesura une fois de plus combien il était seul et portait de responsabilité. Aucun collègue près de lui qu'il puisse interroger afin d'être conforté dans son diagnostic. Personne à qui confier ses doutes. Mais cela, il l'avait voulu, il l'avait souhaité, il ne pouvait donc s'en prendre qu'à lui-même.

— Prenez le triptan rapidement, et si ça ne passe

pas avant ce soir, rappelez-moi, conseilla-t-il avant de partir.

Le mari le raccompagna jusqu'à la porte et demanda :

— Ce n'est pas grave ?

— Je ne pense pas. Allez à la pharmacie le plus vite possible : ce que je vous ai prescrit éliminera la douleur. Ensuite, le traitement préventif devrait éviter ce genre de crise.

— Merci, docteur.

Comment pouvait-il être si catégorique, alors que demeurait un doute en lui ? Cela aussi il l'avait appris, depuis qu'il exerçait : rassurer les malades était toujours très important, car le psychique jouait beaucoup dans une guérison.

Il repartit et dérapa une nouvelle fois jusqu'au fossé dans une descente en lacets. Heureusement, le téléphone passait et il put appeler Mme Viguerie pour se faire dépanner. Furieux, il se promit de changer de voiture et en chargea le garagiste de Châteleix qui était venu le tirer d'affaire : un homme âgé qui, confia-t-il à Adrien, cherchait un repreneur depuis deux ans mais sans y parvenir. Il paraissait connaître son affaire, être tout à fait honnête, le prix qu'il demanda pour le service rendu avec sa dépanneuse étant raisonnable.

— Je peux vous trouver un quatre-quatre rapidement, dit-il, mais de quelle marque ?

— Ça m'est égal. Je n'ai pas le temps de m'en occuper, pas plus que je n'ai le temps de vendre ma voiture.

— Je la ferai reprendre au concessionnaire avec qui je travaille. Mais vous voulez du neuf ou de l'occasion ?

— Une bonne occasion. Je ne veux pas y mettre trop d'argent.

— Je m'en occupe cet après-midi et je vous téléphone ce soir.

— Entendu ! conclut Adrien.

Sa Peugeot avait une aile légèrement froissée, mais il put repartir pour aller au terme de ses visites qui ne cessèrent qu'à deux heures de l'après-midi, à cause du retard accumulé. Il dévora un sandwich, aperçut Mylène qui venait de déjeuner et qui était au courant de ce qui s'était passé :

— Alors monsieur Schumacher, fit-elle, on quitte la route ?

Henri, le kiné, lui apprit qu'il connaissait le garagiste-dépanneur et qu'il était fiable et honnête.

— De toute façon, je n'ai pas le choix, dit Adrien.

Et il fit entrer le premier patient après s'être inquiété auprès de sa secrétaire des visites du soir.

Il redoutait moins les consultations au cabinet que les visites à domicile. Il avait appris que les hypocondriaques revenaient souvent l'après-midi, mais aussi celles et ceux qui souffraient de solitude ou avaient seulement besoin de réconfort ou d'un renouvellement d'ordonnance. Ainsi, ce jour-là, trouva-t-il dans la salle d'attente un homme d'une cinquantaine d'années, très beau, très droit, les cheveux bruns coiffés vers l'arrière, qui paraissait à la fois heureux et apeuré d'être assis parmi celles et ceux qui attendaient leur tour. Comme il était arrivé le premier, il se leva timidement, se demandant peut-être s'il ne prenait pas la place de quelqu'un, mais Adrien l'invita à entrer dans son bureau, en tenant la porte pour le laisser passer devant lui.

— Pardon, monsieur ! dit l'homme d'une voix douce, avant de se retourner et de tendre une main en annonçant, un peu plus fort, pour se présenter : Daniel de Miremont.

— Asseyez-vous, je vous en prie ! dit Adrien en contournant son bureau.

Puis il fit face à l'homme et remarqua qu'il portait une lavallière de la même couleur que ses yeux d'un vert très clair, et que son visage était agité de tics nerveux.

— Que puis-je pour vous ? demanda Adrien.

L'homme déglutit difficilement, s'agita un instant sur son fauteuil, avant de commencer :

— J'étais suivi par le CHU Esquirol, docteur, mais ils ne veulent plus de moi. Ils prétendent que je suis guéri.

Esquirol était l'hôpital psychiatrique de Limoges. Adrien songea que si cet homme était libre de ses mouvements, c'est qu'il ne présentait aucun danger pour lui-même et pour ses proches.

— Vous êtes sous traitement ? demanda-t-il néanmoins.

— Oui, docteur. D'ailleurs, je vous ai apporté l'ordonnance.

Il la tendit à Adrien qui l'examina rapidement, puis la posa sur son bureau.

— Alors, qu'est-ce qui ne va pas ?

— Ce qui ne va pas, c'est que malgré les médicaments, je suis submergé d'émotions. C'est comme s'il n'y avait rien entre le monde et moi. Je ressens tout avec violence.

Il ajouta, en se tordant les doigts :

— Il faut m'aider, docteur, s'il vous plaît.

Adrien réfléchit un instant, puis il proposa :

— Je vais me renseigner auprès d'Esquirol, et vous reviendrez me voir, si vous le voulez bien.

Mais il y avait une telle détresse dans les yeux de cet homme fragile qu'il ne put se résoudre à le renvoyer si vite.

— Ce n'est pas la peine, docteur, vous allez comprendre.

L'homme soupira, reprit :

— C'est à cause de ma voisine.

— Votre voisine ?

— C'est difficile pour moi d'en parler.

— Je comprends, mais je suis médecin et lié par le secret professionnel.

— Oui, oui, je sais.

L'homme déglutit une nouvelle fois, poursuivit :

— Elle est très belle.

— Ah! fit Adrien. C'est formidable d'avoir pour voisine une très belle femme.

Il se demandait où l'homme voulait en venir, quand celui-ci murmura, les yeux baissés :

— J'ai besoin d'un conseil.

— Si je peux, je vous le donnerai, dit Adrien.

— Je voudrais lui déclarer ma flamme, mais je ne sais pas comment m'y prendre.

Et, relevant la tête, avec dans ses yeux clairs cette lueur effarouchée si étrange :

— Vous allez m'aider, n'est-ce pas ?

— Je veux bien essayer, mais je ne la connais pas.
— Elle est très belle.
— Oui, vous me l'avez déjà dit.
— Plus belle encore que vous ne pouvez l'imaginer.
— Je vous crois.
— Je ne sais pas comment faire : dès que je la vois, je me mets à trembler et je suis incapable de lui parler. Il faudrait me prescrire un médicament qui me donne du courage.
— Vous en prenez déjà beaucoup.
— Ils ne sont pas efficaces pour ce genre de chose.

Adrien hésitait, se demandait s'il fallait jouer le jeu avec cet homme si fragile, si émouvant, ou s'il fallait le renvoyer à l'hôpital.

— Je m'en approche avec précaution, et elle m'aime bien, je crois.

L'homme ajouta en souriant :

— Je lui donne des légumes de mon jardin. Elle me remercie avec une grande délicatesse. C'est une personne admirable, vous savez !
— Raison de plus pour vous confier à elle : elle vous comprendra, j'en suis persuadé.
— Vous en êtes sûr ?
— Je le crois. Si c'est bien la personne que vous me décrivez, elle vous écoutera.
— Ah !
— Certainement.

L'homme réfléchit un instant, déplora :

— Alors vous ne voulez pas me prescrire un médicament ?
— Non ! Ce n'est pas la peine, répondit Adrien.

Vous en prenez assez. Je suis sûr que vous trouverez la force de lui parler.

Un doute lui vint et il demanda :

— Vous vivez seul ?

— Oui. Dans la maison de mes parents qui sont décédés.

— Et votre voisine est seule aussi ?

— Oui. Mais elle est beaucoup plus jeune que moi.

— Vraiment beaucoup ?

— Au moins dix ans. C'est un handicap, n'est-ce pas ?

— Pas forcément.

— Bien, bien, pas forcément. Mais vous dites peut-être ça pour me faire plaisir ?

— Non ! Il n'y a pas de règles en ce domaine. Si deux personnes se plaisent, il n'y a pas de raison pour qu'elles ne se rapprochent pas.

Le visage de l'homme s'éclaira d'un large sourire.

— Ça me fait du bien, docteur, de vous entendre. Je vous remercie sincèrement.

— Je vous en prie.

Il y eut un moment de silence, puis l'homme reprit :

— Si j'osais…

Il hésita, poursuivit en se tournant légèrement de côté, comme pour dissimuler sa gêne.

— Dites-moi, fit Adrien.

— Si j'osais, je vous demanderais quels mots il faut employer en de telles circonstances.

— Vous voyez que vous savez oser.

— Oui, c'est vrai, c'est vrai, dit l'homme avec une certaine satisfaction.

— Mais ce ne peut être que des mots très personnels, fit observer Adrien.

Le sourire de l'homme s'effaça aussitôt.

— Je ne pourrai jamais, souffla-t-il.

— Mais bien sûr que si ! Je suis sûr que vous en êtes capable.

— Non, hélas ! Je ne crois pas.

— Commencez par lui dire qu'elle est belle. Les femmes aiment beaucoup ça.

— Vous croyez ?

— Mais bien sûr !

— Et ensuite ?

Adrien songea aux personnes qui attendaient de l'autre côté de la porte, et finit par s'impatienter.

— Commencez comme ça, après vous verrez que les mots surgiront d'eux-mêmes.

L'homme s'était sans doute rendu compte du léger mouvement d'humeur d'Adrien, car il paraissait de plus en plus mal à l'aise.

— Je comprends que je vais devoir vous laisser, dit-il. Je n'ai que trop abusé de votre temps.

Et, aussitôt, en se tordant les mains :

— Si j'échoue, ce sera terrible.

— Ayez confiance en vous, dit Adrien.

— Je le voudrais tellement.

— Moi, j'ai confiance en vous.

Le visage de l'homme s'éclaira de nouveau.

— Vous avez confiance en moi, docteur ?

— Totalement.

— Merci. Permettez-moi de vous serrer la main.

Il se leva cérémonieusement, prit la main d'Adrien, la serra, demanda :

— Puis-je revenir pour vous tenir au courant ?
— Si vous y tenez vraiment, vous le pouvez.
— Merci encore, docteur. Vous êtes un homme de bien.

Et, à la porte, il demanda encore :
— Alors pas d'ordonnance ?
— Non. Pas d'ordonnance.
— Et je vous dois combien ?
— Nous verrons ça la prochaine fois.
— Merci, docteur, merci.
— Au revoir, monsieur.

L'homme recula jusqu'à la porte, tourné vers Adrien déjà pressé de faire entrer le patient suivant, inclinant la tête, souriant, comme s'il avait trouvé tout le secours qu'il était venu chercher, cet après-midi-là, auprès d'un médecin qu'il ne connaissait pas.

Une fois Daniel de Miremont parti, Adrien fit des points à un homme qui s'était blessé à un bras en coupant du bois, soigna deux bronchites sans gravité, prescrivit du Mopral à un quinquagénaire qui mangeait trop de pain et souffrait de maux d'estomac, pansa l'entorse à la cheville d'un jeune homme qu'il confia au kiné, puis, vers cinq heures, il reçut un coup de téléphone du garagiste-dépanneur : ce dernier lui apprit qu'il avait trouvé un quatre roues motrices d'occasion, de marque Toyota – un Rav 4 plus précisément –, mais qui avait quarante mille kilomètres au compteur.

— Et alors ? fit Adrien.
— Votre Peugeot n'en a que trente mille.
— Ce qui signifie que cela ne me coûterait rien ?

— Pas grand-chose. Mais je le chausserai de quatre pneus neige et vous serez paré pour longtemps. Le Rav a subi une révision complète et je vous fais une garantie d'un an.

— Entendu ! dit Adrien.

— Réfléchissez encore un peu, insista le garagiste.

— Non ! Je n'ai pas le temps. Apportez-le-moi demain matin et vous repartirez avec ma voiture.

— Demain matin ?

— Oui. Et de bonne heure, s'il vous plaît.

Il y eut un silence au bout du fil, puis :

— Comme vous voudrez. À demain, donc.

Mylène demanda à lui parler sur ces entrefaites, et il la fit entrer dans son bureau.

— Ça ne va pas ? l'interrogea-t-il.

— Si, moi ça va. Mais je n'ai pas pu te voir à midi et je voulais te dire que Mme Beaubois – tu sais, celle qui a été hospitalisée et qui ne voulait pas laisser son frère seul – est de plus en plus faible malgré les injections que tu as prescrites depuis son retour. Elle ne se lève plus du tout.

— J'y passerai demain.

Il ajouta, amusé :

— Je viens de voir un drôle de bonhomme : il s'appelle Daniel de Miremont. Tu le connais ?

— Tout le monde le connaît, Daniel, et tout le monde l'aime. Il ne ferait pas de mal à une mouche. Son problème, c'est qu'il tombe amoureux tous les quatre matins.

— Ah bon ?

— Oui. Et tu l'as écouté, toi ?

— Bien sûr !

— T'as pas fini de le revoir, conclut Mylène en riant.

Puis elle se rembrunit aussitôt en reprenant :

— Autre chose : la jeune Marion, celle qui souffre d'un lymphome, tient à peu près le coup, mais sa mère m'inquiète beaucoup.

— Elle est dépressive, je sais.

— Elles sont seules, car le père est parti.

— Depuis quand ?

— Depuis que la petite est malade.

Il soupira :

— Allons bon ! Il ne manquait plus que ça.

— J'ai peur qu'elle fasse une bêtise, ajouta Mylène.

— Elle ne travaille pas ?

— C'est une femme au foyer qui s'occupe de sa fille.

— Et qu'est-ce que tu veux que je fasse, sinon changer ses antidépresseurs ?

— Tu devrais quand même y passer, dit Mylène après un instant de réflexion.

— Dis-lui plutôt qu'elle vienne en consultation demain. Je lui donnerai l'adresse d'un psy qu'elle pourra voir quand elle emmènera sa fille à l'hôpital.

— Bon ! dit Mylène. Je te laisse parce que j'ai du pain sur la planche.

Il voulut la retenir et demanda une nouvelle fois :

— Et toi, ça va ?

— Faudrait que je voie un toubib, dit-elle en riant, mais je n'ai pas encore décidé lequel.

Et elle sortit, le laissant dubitatif, vaguement contrarié, alors qu'elle plaisantait, il le savait bien.

Il n'y avait plus qu'un seul patient dans la salle d'attente, et Adrien reconnut le maire, qui conversait avec Mme Viguerie.

— Il fallait me prévenir, dit-il, je vous aurais donné un rendez-vous.

— Je sais que vos rendez-vous sont uniquement le jeudi après-midi, et je ne pouvais pas attendre.

Le maire était un homme grand, corpulent, des cheveux épais peignés en arrière, des lunettes aux verres teintés, comme s'il avait des problèmes de vue. La cinquantaine dynamique, il dirigeait le *Briconaute* du village avec une autorité souriante qui le faisait réélire depuis dix ans. C'était avec lui qu'Adrien avait négocié les conditions de son installation au village, et leurs relations avaient toujours été cordiales. Il se demandait quel était le motif de cette visite urgente, mais il ne posa aucune question avant que le maire ne soit assis face à lui, hésitant, beaucoup moins sûr de lui qu'à l'accoutumée.

— Que puis-je pour vous ? demanda Adrien, devant le silence qui se prolongeait.

— C'est au sujet de ma femme.

— Elle ne va pas bien ?

Le maire hésita, puis déclara d'une voix qu'Adrien ne reconnut pas :

— Ce matin, en faisant sa toilette, elle a découvert une grosseur au sein droit.

Adrien laissa passer quelques secondes, puis il proposa, le plus calmement possible :

— Il faudrait peut-être que je la voie en consultation.

— Elle ne veut pas : elle a peur.

Il ajouta, plus bas, comme s'il redoutait d'être entendu :

— Elle est persuadée que c'est une tumeur, mais elle m'a dit qu'elle refuserait de se laisser «mutiler».

— Ce ne sera probablement pas nécessaire. Aujourd'hui on peut traiter par radiothérapie ou chimiothérapie : cela dépend de la tumeur.

Adrien ajouta, se voulant rassurant :

— De toute façon il faut faire des examens pour savoir vraiment. Si ça se trouve, ce n'est rien.

— Elle en est sûre : elle a une amie qui s'est fait opérer et qui lui a expliqué comment elle avait découvert ça.

— Votre femme voit un gynécologue ?

— Oui. À Limoges, une fois par an.

— Et il n'avait rien diagnostiqué ?

— Non. Mais la dernière visite date de dix mois.

Un long silence succéda à ces paroles inquiétantes, que le maire brisa enfin en disant :

— Je suis venu vous demander un service : la convaincre de se faire soigner.

— Son gynécologue est sans doute mieux placé que moi.

— Elle refuse d'aller le voir.

Le maire hésita un peu, ajouta :

— Mais vous, vous pourriez venir dîner à la maison, un soir, et je tâcherai d'amener la conversation sur ce sujet.

Adrien venait enfin de comprendre la signification de cette visite et se sentait piégé. Mais comment refuser une invitation – fût-elle de ce genre – sans se fâcher avec un homme qui avait tout fait pour favoriser son installation ?

— Je peux essayer, dit-il, si vous y tenez.

— S'il vous plaît, venez samedi soir, pour dîner.

Adrien accepta, alors qu'il avait projeté une soirée solitaire pour lire et récupérer des soucis de la semaine.

— Je vous remercie, fit le maire en se levant pour lui serrer la main. Samedi soir, c'est entendu, n'est-ce pas ?

— Entendu.

Il partit, et Mme Viguerie donna à Adrien l'adresse de la dernière visite de la soirée, heureusement dans le village : à côté de l'église exactement. Il fut soulagé de savoir qu'il n'avait pas à reprendre sa voiture, alors qu'un peu de neige virevoltait dans la nuit froide.

— Vous rentrez à Saint-Victor ou vous couchez là, ce soir ? demanda la secrétaire.

— Avec cette neige, je vais rester là, dit-il. Il vaut mieux.

— Je vous ai mis le plateau-repas dans la kitchenette. Vous n'avez qu'à faire réchauffer au micro-ondes.

— Merci.

Il dormait rarement dans la pièce attenante à son bureau, où se trouvaient un petit lit, un meuble vestiaire, et un lavabo surmonté d'un miroir. C'était Mme Viguerie elle-même qui assurait l'entretien de cette petite « chambre » censée permettre au médecin d'y dormir les jours de garde. Saint-Victor ne se situait qu'à six kilomètres de Châteleix, mais il ne se sentait pas le courage, ce soir-là, de reprendre sa voiture.

Il se dirigea vers la place de l'église et sonna à la porte de la grande maison qui lui faisait face. Un homme âgé ouvrit, vêtu d'une robe de chambre élégante et d'un foulard de soie.

— C'est moi qui ai fait appel à vos services. C'est pour mon épouse.

Et, s'effaçant pour le laisser passer :

— Je vous remercie d'être venu si vite, et je suis ravi de faire votre connaissance.

— Moi aussi, monsieur ?

— Périgaud. Je suis l'ancien notaire de Châteleix.

Il ajouta, montrant l'extrémité d'un couloir au tapis oriental :

— La chambre est au bout. Ma femme est alitée.

Adrien connaissait la patiente qui l'attendait : il l'avait vue à deux reprises en consultation. Elle souffrait d'insuffisance cardiaque mais ne se décidait pas à la pose des stents qui l'auraient soulagée, ce que lui rappela Adrien, comme lors de ses précédentes visites.

— À mon âge, dit l'épouse du notaire, est-ce bien raisonnable ?

Elle avait dû être très belle, avec des yeux clairs, immenses, qu'éclairait un sourire un peu triste, face à la défaite de son corps devant la vieillesse.

— Mais oui, c'est raisonnable, fit Adrien. Je dirais même que c'est devenu indispensable.

Il prit la tension – trop élevée –, le pouls : irrégulier, puis il déclara :

— Vous ne pouvez plus attendre. Vous risquez l'infarctus d'un jour à l'autre.

— Je vais y penser, docteur, je vous le promets.

Elle se tourna vers son mari, debout de l'autre côté du lit, murmura :

— Notre belle jeunesse, Bertrand, où est-elle ?

Il se pencha vers elle, l'embrassa, puis il raccompagna Adrien et le fit entrer dans son bureau pour le payer et lui demander :

— On ne peut plus reculer, n'est-ce pas ?

— Non. Mais il ne faut pas vous inquiéter : c'est une intervention courante aujourd'hui.

— Bien ! fit le notaire. Je vous remercie, docteur.

Il ajouta, à voix si basse qu'Adrien entendit à peine :

— S'il lui arrivait de mourir avant moi, je ne le supporterais pas.

Adrien regagna le cabinet médical avec cette phrase dans la tête, et il y songeait toujours quand il s'aperçut que Mme Viguerie n'était pas encore partie et semblait l'attendre.

— Je vous ai fait réchauffer votre repas, dit-elle.

— J'aurais pu le faire moi-même, répondit-il avec une vivacité qu'il regretta aussitôt, mais la prévenance que manifestait sa secrétaire l'agaçait de plus en plus.

Il la suspectait de le surveiller comme une mère son fils unique. De fait, elle n'avait jamais eu d'enfants, et elle avait tendance à compenser son déficit de sens maternel en exerçant sur lui une attention qui n'était pas dénuée d'affection.

— J'aurais besoin d'un rendez-vous, dit-elle subitement, avec une certaine gêne.

— Pour vous ? demanda-t-il.

Et, comme elle semblait hésiter :

— Vous avez quelque chose à me dire ?

Elle se troubla, mais répondit :

— Pour moi. Une consultation, quand vous pourrez.

— C'est vous qui tenez le carnet de rendez-vous.

— Je ne voudrais pas abuser de la situation.

Il la dévisagea et eut l'impression de la découvrir pour la première fois : ce n'était plus la même que celle qui officiait derrière son comptoir, mais une femme à la fragilité surprenante, soudain, dont le visage s'empourprait, et qui fuyait son regard.

— Prévoyez un rendez-vous jeudi. Il n'y a pas de problème.

— Merci, docteur.

Elle s'enfuit précipitamment, comme si elle lui avait manqué de respect et il demeura seul, exaspéré, devant son plateau dont il avala rapidement le contenu avant d'aller se coucher et de s'endormir aussitôt.

Le lendemain matin, à l'aube, le garagiste lui livra son quatre-quatre Toyota et lui expliqua comment fonctionnait ce bel outil chaussé de neuf, de couleur gris métallisé, dans lequel il partit avec une joie d'enfant découvrant un nouveau jouet. Il s'en voulut de cette puérilité, mais la facilité avec laquelle ce véhicule montait les côtes enneigées sans jamais déraper le ravissait. Dès lors, il se lança sur les routes sans la moindre appréhension et sans la crainte d'être bloqué au milieu de nulle part dans l'incapacité de se faire dépanner.

La beauté sauvage et austère des bois, l'étendue blanche des prés désertés par le bétail, le silence d'étoupe qui enserrait ses tempes dès qu'il descendait de voiture composaient un monde étrange et envoûtant. Il lui arrivait de s'arrêter sur le bas-côté, et il marchait dans la neige vierge avec la délicieuse impression de marcher dans sa vie. C'était alors une étrange sensation de bien-être qui l'envahissait, certes toujours un peu puérile, mais source d'une extrême douceur, comme si l'enfant qu'il avait été balayait l'adulte qu'il était devenu, non sans le paralyser au moment de revenir sur ses pas. Cela ne durait pas, mais c'était comme si une porte s'était ouverte sur un autre monde, le faisant communiquer avec cette part essentielle de lui-même – la plus intime, la plus secrète –, qui lui était inaccessible ailleurs que dans la neige. Il repartait tout neuf, lui semblait-il, vers les misères de l'existence où se débattaient les hommes et les femmes qui attendaient sa venue.

Ainsi, ce matin-là, il ne vécut que dans l'étrangeté : d'abord avec Mme Beaubois, qui se sentait mieux et, debout, mitonnait une omelette aux pommes de terre pour son frère.

— Mes forces reviennent, je le sens, confia-t-elle à Adrien en souriant.

Après cette visite, il eut l'impression que la maladie semblait refluer dans toutes les maisons où il entra, au point qu'en fin de matinée il eut le temps de passer chez la mère de la jeune fille qui souffrait d'un lymphome. Elle avait pu reprendre le lycée, et donc sa mère demeurait seule dans la maison du hameau où toutes deux vivaient. Mais quand Adrien sonna à la porte, personne ne répondit. Il appuya sur la poignée qui céda sous ses doigts, puis il appela dès le couloir avec une anxiété soudaine qui emporta le bien-être emmagasiné depuis le début de la matinée. Il appela une nouvelle fois, vérifia les pièces une à une avant de trouver la chambre dont la porte était entrebâillée.

La mère gisait sur son lit, renversée en arrière, la tête ballante, comme si elle avait tenté de se lever mais n'en avait pas trouvé la force. Il la redressa, prit le pouls – filant, à peine perceptible –, examina les pupilles et comprit, d'autant que le tube de Lexomil se trouvait sur la table de nuit : vide. Il la souleva, la transporta sur le canapé de la salle à manger, la coucha sur le côté, en position de sécurité, et dégagea du mieux possible les voies respiratoires. Puis il appela le Samu, lui fit une perfusion de sérum physiologique, tenta de se faire entendre d'elle, mais elle ne réagit pas. Il se mit à attendre, en se rappelant sa conversation de la veille avec Mylène, et il s'en voulut de n'avoir pas agi plus tôt. Enfin, comme une odeur désagréable se dégageait de sa parka qu'il n'avait pas eu le temps d'enlever en entrant – elle avait un peu vomi pendant qu'il la portait –, il s'en débarrassa et passa dans la salle de bains pour se laver les mains.

L'homme qu'il entrevit alors dans la glace lui parut étranger à celui qu'il avait aperçu au matin. Certes, il s'agissait bien d'un homme jeune, brun, les cheveux courts, les yeux verts, le visage aigu, pas très bien rasé, les pommettes saillantes, deux fines rides au coin des lèvres, mais celui-là, depuis quelques minutes, était coupable. Il aurait dû écouter Mylène, venir plus tôt, se soucier davantage de cette femme qui sombrait de trop de tourments, de trop de souffrance. Et cette femme allait peut-être mourir. Il pensa à son patron qui disait : « Vous ne les sauverez pas tous », mais ce matin-là il ressentit cette affirmation comme une agression. «Pauvre type!» murmura-t-il entre ses lèvres, sans savoir s'il s'adressait au professeur de médecine ou à lui-même.

Il s'humecta le visage, fit une grimace que le miroir lui renvoya atrocement, puis il revint vers le canapé où il ausculta la femme allongée, qui geignait dans un sommeil dont elle avait du mal à émerger. Il tapota ses joues de plus en plus fort, elle grogna quelques mots inaudibles, et il demeura un moment devant elle, immobile, avant de se lever et d'aller à la porte où il avait cru entendre du bruit. Mais non, le Samu n'était pas encore arrivé. Il retourna dans le salon, appela Mylène, qui finit par répondre.

— Je suis chez Mme T., lui dit-il. Tu avais raison.
— Qu'est-ce qui se passe ?
— Elle a avalé du Lexomil. Je viens d'appeler le Samu.
— Tu veux que je vienne ?
— Oui. S'il te plaît.

Mylène arriva vingt minutes plus tard, au moment précis où le Samu partait. Et, comme il restait sur le trottoir, l'air abattu, elle demanda :
— C'est fini ?
— Non. Ils l'ont réveillée avec de l'Anexate.
— Viens ! dit-elle. Il est plus de midi.

Ils se rendirent au cabinet médical où attendait Mme Viguerie, et là, désemparés, ils hésitèrent à prévenir sa fille.

— Elle rentre chaque soir du lycée par le car de cinq heures et demie, précisa la secrétaire, qui savait tout de la vie du village.

— On attend ? questionna Mylène.

— Oui, fit Adrien. On attend. Avec un peu de chance, on n'aura peut-être pas à lui annoncer que sa mère a essayé de mourir. Elle n'a pas besoin de ça : elle est assez secouée par son lymphome.

Ils n'eurent pas le cœur de se rendre au restaurant où ils avaient leurs habitudes, et Mylène alla y chercher des sandwichs qu'ils mangèrent dans la kitchenette, tous les deux, face à face, se reprochant, mais sans l'avouer, de n'avoir pas été assez vigilants. Mme Viguerie était partie chez elle pour la courte pause qu'elle prenait toujours entre midi et deux heures.

— Heureusement que tu y es passé avant les consultations, dit enfin Mylène qui se voulait consolante.

Et, comme Adrien ne répondait pas :

— Tu crois qu'elle va s'en sortir ?

— Je crois.

Puis il s'écria tout à coup :

— On ne peut quand même pas faire de l'assistance en permanence !

— Mais non ! dit Mylène. On ne peut pas.

— Et son con de mari, où est-il ?

— Mme Viguerie doit le savoir. Elle s'en occupera.

De fait, quand la secrétaire revint – plus tôt que d'habitude –, elle avait contacté une sœur de la femme qui avait voulu mourir : elle vivait à Bourganeuf et avait accepté de venir récupérer sa nièce à cinq heures et demie. Quant au mari, il vivait à Châteauroux, disait-on, avec une jeunette qui aurait pu être sa fille.

— Mais qui c'est, ce type ? s'emporta Adrien.

— Il s'était installé comme électricien, mais il a fait

faillite, précisa Mme Viguerie. Chez eux, tout allait mal depuis plusieurs mois et il s'était mis à boire.

Adrien se demanda si le lymphome de la jeune fille n'avait pas été provoqué par trop de stress, trop de mal-être entre une mère fragile et un père bon à rien. Rien n'avait réellement été prouvé, mais, parfois, les désordres psychologiques avaient des conséquences pathologiques graves. De là à provoquer un lymphome, ce ne pouvait être une certitude, mais c'était une hypothèse qu'il ne pouvait pas écarter, et il se promit d'évoquer le sujet avec le psy qu'il connaissait au CHU, dès qu'il en trouverait le temps.

Il alla s'allonger quelques minutes dans la petite chambre contiguë au cabinet, puis il commença ses consultations l'esprit ailleurs. À trois heures, le téléphone sonna et Mme Viguerie, qui venait d'appeler l'hôpital, comme Adrien le lui avait demandé, lui apprit que la mère dépressive était hors de danger. Il se sentit délivré d'un grand poids, et en même temps furieux de se savoir aussi vulnérable.

Dès lors, tout l'après-midi se déroula dans une sorte d'agacement contre lui-même, qui ne fut pas propice à des diagnostics objectifs et froids. Il renonça à passer la nuit au cabinet médical, et il partit à Saint-Victor dès que les consultations furent terminées, afin de retrouver un peu de sérénité avant les visites du lendemain.

4

Quinze jours passèrent, au cours desquels il en apprit davantage sur Mme Viguerie, reçue en consultation le jeudi suivant : elle souffrait de pertes de mémoire de plus en plus fréquentes, était obligée de tout noter, même les plus infimes recommandations. Elle avait beaucoup hésité à se confier, car elle craignait qu'Adrien ne se sépare d'elle, alors qu'elle avait vraiment besoin de ce travail.

— Ne vous inquiétez pas, lui avait-il dit. Ceux qui souffrent de la maladie d'Alzheimer sont dans le déni et ne se rendent pas compte de ce qui leur arrive. Vos symptômes proviennent plutôt de troubles circulatoires qui ont des conséquences sur la mémoire. Je vais vous prescrire un traitement et vous vous sentirez mieux.

Elle l'avait remercié avec effusion, et pour la première fois, il avait vu briller des larmes dans ses yeux, alors qu'elle montrait plutôt de la froideur dans son activité.

— J'ai tellement eu peur, avait-elle murmuré en sortant.

Depuis ce jour, elle avait retrouvé le sourire qu'elle affichait chaque matin au moment où Adrien arrivait en lui disant bonjour.

La femme du maire, elle, s'était laissé convaincre d'aller faire une mammographie et une biopsie, quand Adrien lui avait assuré qu'une tumeur prise en charge dès le début n'entraînait pas de traitement mutilant. C'était une belle femme blonde aux formes avantageuses, pour qui la beauté, avait-il compris en la voyant, comptait plus que tout, et il était évident que la perspective d'ablation d'un sein était pour elle traumatisante.

La nouvelle avait couru dans la région qu'un jeune médecin, bien de sa personne, très attentionné envers ses patients, s'était installé à Châteleix. Quelques femmes de tous âges vinrent vérifier s'il était « aussi bien qu'on le prétendait » en prétextant le plus souvent des problèmes intimes. Divorcées, seules, en mal d'amour, elles dissimulaient sur le ton de la confidence des avances dont il savait qu'il devait se méfier.

Il avait été alerté dès son internat sur le fait qu'il devait prendre des précautions dans le domaine de la gynécologie, en se montrant rapide dans la consultation et froid dans ses propos. Il recommandait ensuite à ses patientes d'aller plutôt consulter un spécialiste, qui était mieux à même de déceler et soigner les problèmes de ce genre.

— Il faut plus de six mois pour avoir un rendez-vous ! répondaient-elles le plus souvent, offusquées qu'il ne veuille pas s'occuper d'elles.

— Je sais. Mais je préfère que vous consultiez un

gynécologue. Il vous renseignera mieux que moi sur les éventuels dangers d'un cancer du col de l'utérus.

Inquiètes de cette recommandation qui laissait supposer une gravité à laquelle elles n'avaient pas songé, elles disparaissaient l'une après l'autre.

Pourtant, l'une d'entre elles, d'une trentaine d'années, s'acharnait à le poursuivre de ses assiduités. Elle était blonde, fine, avec des yeux aux longs cils à travers lesquels elle l'observait comme une araignée dans sa toile, sachant très bien qu'elle le troublait. Mesurant le danger, il lui dit un jour que dorénavant, pour les examens gynécologiques, il serait secondé par une assistante. Il ne la revit plus, et il put retrouver un peu plus de sérénité. La plupart des solitaires en mal d'amour avaient compris qu'il n'y avait rien à espérer du beau docteur de Châteleix, et elles allèrent porter ailleurs leurs charmes dédaignés.

Une autre, cependant, ne se découragea pas. Âgée d'une quarantaine d'années, elle prit l'habitude de venir une fois par semaine et d'attendre son tour, patiemment, avec un air faussement innocent, et des gestes qu'elle voulait recherchés, y compris dans sa manière de se lever de sa chaise ou de s'asseoir en face de lui. Elle était vêtue bizarrement, avec de longues robes amples aux couleurs vives, jouait un rôle qui lui allait plutôt bien, d'une voix suave et traînante, en agitant nonchalamment ses boucles brunes ornées d'étranges colifichets.

— Je suis une artiste, avait-elle confié à Adrien lors de sa première visite. Une poétesse, plus précisément.

Elle prétendait souffrir de douleurs au dos, à force de composer ses poèmes la nuit, poèmes qui lui avaient valu une distinction dans un salon du livre où elle était d'ailleurs invitée régulièrement. Il lui avait prescrit des anti-inflammatoires, qui, avait-elle affirmé une semaine plus tard, n'avaient eu aucun effet. Il lui avait alors proposé d'effectuer des examens radiologiques qu'elle avait refusés en prétextant un manque de temps.

Lors de cette deuxième visite, elle avait oublié – volontairement, avait-il découvert après coup – une enveloppe à son nom qu'il avait ouverte avec curiosité. Quelques vers à lui destinés, mais qui n'étaient pas d'elle, car ils réveillèrent en lui un souvenir du lycée :

«Un éclair... puis la nuit ! – Fugitive beauté
Dont le regard m'a fait soudainement renaître
Ne te verrai-je plus que dans l'éternité ?
Ailleurs, bien loin d'ici ! Trop tard ! Jamais peut-être !
Car j'ignore où tu fuis, tu ne sais où je vais,
Ô toi que j'eusse aimée, ô toi qui le savais ! »

Baudelaire ! Elle se prenait pour Baudelaire ou tentait d'usurper son identité et du même coup son talent...

Ce n'était pourtant qu'une première approche, car il découvrit un deuxième poème, cette fois composé par elle, du moins le pensa-t-il, au cours de sa troisième visite. Il lui fit alors observer qu'il ne la croyait pas malade, ni souffrante, mais il la retrouva quand même dans la salle d'attente trois jours plus tard.

— Je me suis renseignée, lui dit-elle, vous ne pouvez pas refuser de me recevoir. Ce serait de la non-assistance à personne en danger, n'est-ce pas ?

— Je ne vous crois pas en danger, lui répondit-il.
— En êtes-vous bien sûr ? s'exclama-t-elle avec un air de tragédienne offensée.

Adrien parla d'elle à Mylène, qui la connaissait aussi bien qu'elle connaissait Daniel, et qui assura :

— C'est une illuminée, mais elle n'est pas dangereuse.

Elle s'appelait Violaine S. Il dut se résigner à ses assiduités tout en prenant le parti de s'en amuser plutôt que de s'exaspérer. Après tout, Violaine et Daniel pouvaient lui apporter un peu de légèreté au milieu des journées qu'il traversait parfois sans la moindre éclaircie, ni le moindre sourire.

Il faisait à présent un peu moins froid, et la neige avait été remplacée par une pluie fine qui provoquait des bronchites et des angines en grande quantité. On allait vers la Noël et Adrien avait appris qu'il serait de garde à partir du 24 à vingt heures jusqu'au soir du 25 à vingt heures également. Ça ne le dérangeait pas outre mesure, car cela lui éviterait de se rendre à Limoges : Noël, pour lui, c'était avant tout la maisonnette de Saint-Victor, la cheminée et son feu de grosses bûches qu'il aurait grand plaisir à retrouver après ses visites dans le froid de la nuit.

Il espérait de nouvelles chutes de neige, qui ne tombèrent pas, au contraire : le temps « cassa » et la température redevint positive. Cela favorisait au moins la circulation, et il se demanda s'il n'avait pas trop vite pris la décision de changer de voiture. Décidément, non : son Toyota était son cadeau de Noël, et il s'en réjouissait, non sans scrupules, comme l'enfant qui avait découvert une voiture rouge à pédales un matin de Noël, jadis, dans la maison qu'il regagnait chaque soir aujourd'hui, emportant son plateau-repas qu'il mangeait lentement, à la table en bois de fruitier qui faisait face à la cheminée, tout en lisant le *Dalva* de Jim Harrison que lui avait offert sa mère.

Il ne doutait pas que le 24 et le 25 seraient rudes pour lui, seul médecin de garde pour tout le canton, mais il était bien loin d'imaginer ce qui l'attendait. Le premier appel retentit dès huit heures, et la visite demandée par le régulateur l'expédia à plus de quinze kilomètres de Châteleix, chez un homme affolé, dont la femme venait de faire un malaise et s'étouffait.

— Une crise d'asthme ? demanda-t-il au régulateur.
— Il prétend que non.
— Quel âge ?
— Soixante-cinq ans.
— Des antécédents ?
— Tu verras sur place. C'est urgent.

Cela l'était d'autant plus qu'Adrien suspecta très rapidement une embolie pulmonaire. Il fallait hospitaliser la malade rapidement. Il appela le Samu devant le mari, affolé, qui demandait s'il devait suivre son épouse.

— Un soir de Noël, balbutiait-il, si c'est pas malheureux !

Il était si choqué, si contrarié, qu'il eut un malaise, et Adrien s'interrogea pour savoir s'il ne devait pas les transférer tous les deux à l'hôpital. Le mari ne pouvait pas rester seul à se morfondre dans une maison isolée, à l'écart du village le plus proche. Finalement Adrien y renonça, car devant cette perspective, l'homme parut se rétablir très rapidement.

À peine le Samu parti, le téléphone d'Adrien sonna et il dut se remettre en route pour recoudre successivement deux hommes qui s'étaient blessés en ouvrant des huîtres – il savait depuis son internat que le soir de Noël impliquait ce genre de soins, de même que, plus tard dans la nuit, apparaissaient les indigestions et les crises de foie, conséquences de réveillons trop riches et trop arrosés. Vers onze heures et demie, il eut même à prendre en charge un coma éthylique qu'il transféra aussitôt à l'hôpital, avant de revenir pour une halte à Saint-Victor, où, dans la cheminée, la plus grosse bûche de chêne qu'il avait trouvée dans la grange gardait le feu vivant.

Il s'installa pour savourer du foie gras, en se laissant voguer dans un bien-être délicieux qui lui permit de somnoler avec la sensation de se trouver seul au monde, pour quelques minutes seulement, certes, mais précieuses entre toutes. Aussi ce fut avec contrariété qu'il entendit frapper à sa porte, et il hésita à répondre, avant de songer que sa voiture, garée devant la façade, trahissait sa présence.

Il se leva, ouvrit, se trouva devant Mylène, souriante, qui l'embrassa en murmurant :

— Bon Noël, Adrien !

Elle portait un carton de pâtisseries qu'elle lui tendit en lançant joyeusement :

— Tu ne croyais pas que j'allais te laisser tout seul un soir pareil, tout de même ?

Et, comme il ne réagissait pas, trop surpris par cette présence miraculeuse :
— Tu ne me laisses pas entrer ?
— Mais si, bien sûr.

Il s'effaça, la suivit, posa le carton sur la table et se retourna. Avant même qu'il n'ait esquissé le moindre geste, elle était dans ses bras, et il se demanda en se souvenant du « pas encore » du début décembre, s'il ne rêvait pas. Mais non, elle demeurait blottie contre lui puis levait la tête, attendant, mutine, qu'il se décide à se pencher sur ses lèvres.

Ce fut à ce moment précis que le téléphone sonna. Il se détacha des bras de Mylène avec un soupir, actionna son portable, prit note du rendez-vous urgent indiqué par la permanencière, murmura :

— Les Matives. Sur la route de Bourganeuf. Un malaise. Désolé.
— Je te suis.

Et, comme il ne répondait pas :
— Je suis venue passer Noël avec toi, et je ne vais pas t'abandonner comme ça.

Elle ajouta, se blottissant contre lui :
— D'autant que je savais ce qui m'attendait.

Tout cela était si soudain, si précieux en même temps, qu'il ne songea pas une seule seconde à refuser. Ils se dirigèrent en se tenant par le bras vers la voiture et, là, avant qu'il n'allume le contact, il trouva enfin les lèvres qui s'offraient de nouveau. Un long moment. L'un de ces moments dont on se souvient toute sa vie, et qu'il eût prolongé indéfiniment si l'urgence annoncée par la permanencière ne l'avait rappelé à la réalité.

Une fois sur la route, il demanda :
— Tu ne crains plus rien de la part de ton mari ?
— Non. Il n'est pas très clair dans la comptabilité de son portefeuille et il sait que je sais. Je l'ai persuadé qu'un divorce aux torts réciproques était la meilleure des solutions.

Elle appuya sa tête contre l'épaule d'Adrien, reprit :
— Il a accepté.
— Tu es au courant depuis quand ?
— Depuis hier.
— Et tu ne m'as rien dit ?
— Je voulais te faire la surprise.
— Et si j'avais été en visite ?
— Je t'aurais attendu.

Mylène avait toujours eu le don de simplifier les choses, et il la retrouvait cette nuit comme il la côtoyait la journée : gaie, positive, sûre d'elle, sans cesse portée vers ce qu'il y avait de meilleur autour d'elle, malgré les difficultés de son métier.

Ils roulèrent un moment en silence, tandis qu'il sentait sa chaleur contre son côté droit, et de temps en temps il appuyait sa tête contre la sienne, comme pour vérifier qu'elle était bien là, ébloui par ce contact d'une douceur nouvelle, dont il avait perdu l'habitude.
— À quoi penses-tu ? chuchota-t-elle.
— À cette nuit.

Il ajouta en riant :
— Je ne savais pas que le père Noël avait une fille.

La nuit sans étoiles semblait ne s'ouvrir qu'à regret devant les phares, comme pour les empêcher de passer, les forcer à s'arrêter pour profiter de ces minutes inoubliables.

— Tu n'as pas froid ? demanda-t-il.

Elle s'écarta un peu, murmura :

— Je n'ai jamais froid, avec toi, Adrien.

Puis elle se serra de nouveau contre lui, et ils ne parlèrent plus jusqu'au village où il se gara sur la place, devant la mairie, sous le seul néon éclairé. La permanencière avait dit : « Deuxième maison, à droite en descendant. Chez M. Prugnière. »

— Je t'attends, dit Mylène.

Il la dévisagea un instant : prunelles noires mais brillantes, dents pointues sous le sourire, les cheveux épais sur les épaules couvertes d'une parka bleue que la capuche fourrée de blanc soulignait merveilleusement. « Une fée surgie de la nuit », songea-t-il en s'éloignant, déjà pressé de la retrouver pour se réchauffer contre elle.

Le patient était allongé sur un canapé et se plaignait de douleurs abdominales. Le cœur ou l'estomac ? C'était toujours le même dilemme, bien difficile à résoudre.

— À quel endroit précis, la douleur ? demanda Adrien.

— Ici, très haut.

— Avez-vous mal dans la mâchoire inférieure ?

— Non.

— Et dans le bras ?

— Un peu.

Le pouls était irrégulier. Adrien pesta intérieurement contre ces convives qui ne savaient pas se restreindre lors des repas de famille. Il hésita à faire un électrocardiogramme, mais il songea que si le régulateur n'avait pas envoyé les urgentistes du 15, c'est qu'il en était arrivé aux mêmes conclusions que lui : excès de table et d'alcool. Il prit la tension – trop élevée –, ausculta l'homme dont l'embonpoint trahissait l'amour de la bonne chère.

— C'est la première fois que ça vous arrive ?
— Oui.
— Vous avez toujours aussi mal ?
— Oui, comme dans un étau.

Le front du patient était ruisselant de sueur, il haletait. Adrien se décida à faire un électrocardiogramme et sortit de sa mallette un appareil aux fils multicolores. Il badigeonna les électrodes avec du gel, les fixa aux poignets et aux chevilles au moyen des lanières de cuir, puis il colla sur la poitrine du malade les poires en caoutchouc, enfin il brancha les électrodes à un fil de couleur et relia le tout à une prise de courant. Une vibration régulière se fit entendre et le rouleau de papier se mit à avancer, dévoilant un tracé très irrégulier.

Dès qu'il aperçut les ondes inscrites sur le ruban, Adrien comprit de quoi il s'agissait, mais il se refusa à parler avant d'en avoir analysé la totalité. Il se servit d'une règle graduée des deux côtés, puis il débrancha l'appareil, essuya le gel sur le corps de l'homme, avant de conclure :

— Vous avez fait un infarctus.

La femme du malade se mit à se lamenter, mais Adrien savait que le temps était compté et il appela aussitôt, sans se soucier d'elle, le régulateur auprès de qui il manifesta sa mauvaise humeur :

— Tu aurais pu envoyer le 15 directement. Tu nous aurais fait gagner du temps.

Ce fut la consternation dans la maison où les convives, brusquement dégrisés, étaient devenus silencieux après le verdict annoncé par l'épouse. Certains voulurent réconforter le malade, mais Adrien les renvoya calmement mais fermement. Il demeura assis près du lit afin de le surveiller jusqu'à ce que le Samu arrive, tout en songeant à Mylène, seule dans la voiture. De longues minutes passèrent, angoissantes pour lui comme pour celui qui souffrait, bien que l'injection réalisée aussitôt après l'examen commençât à faire de l'effet – du moins apparemment.

— Vous avez senti la douleur quand ? demanda-t-il.

— Cet après-midi.

— Et vous n'avez rien dit ?

— Je ne voulais pas gâcher le réveillon. Vous pensez ! Un soir de Noël !

Deux larmes coulèrent sur les joues de l'homme, qui se reprocha sa négligence.

— Vous préféreriez vous trouver auprès de votre famille, murmura-t-il. Je vous prie de m'excuser.

— Ne vous inquiétez pas, répondit Adrien.

Et, toute colère envolée, il prit la main du patient malade qui venait de fermer les yeux.

— Le Samu va arriver, dit-il.

Il testa le pouls, toujours aussi irrégulier, mais la tension avait un peu remonté. L'épouse était revenue dans la chambre, accompagnée par sa fille, toutes deux affolées mais muettes à présent, devant ce jeune médecin qui paraissait si calme, lui.

— Vous voulez un peu de café ? demanda la fille, qui devait avoir une quarantaine d'années.

— Oui ! Je veux bien.

Elle lui en porta cinq minutes plus tard, et il le but lentement, réchauffant ses mains contre la tasse bleue.

Une demi-heure s'écoula, dont profita Adrien pour établir les papiers, se faire payer, jusqu'à ce que, enfin, les urgentistes arrivent, qui perfusèrent l'homme aussitôt, avant de l'emmener avec précaution dans le camion. Adrien put alors regagner la voiture, et expliquer à Mylène qu'il avait dû faire un électrocardiogramme et attendre le Samu.

— J'avais compris, dit-elle en se serrant contre lui. Il va s'en sortir ?

— J'espère.

Il la prit dans ses bras pour la réchauffer, car il lui semblait qu'elle avait froid.

— Tu aurais dû rester à Saint-Victor, dit-il. Tu m'aurais attendu devant la cheminée.

— J'ai attendu trop longtemps, dit-elle.

À peine eut-il démarré que son téléphone sonna, et qu'il dut repartir vers Guéret : un accident de la route sur la départementale 43, où ils arrivèrent un quart d'heure plus tard. Quatre jeunes – trois garçons et une fille – avaient manqué un virage et leur voiture s'était encastrée contre un arbre. Les pompiers se trouvaient là et avaient sorti trois d'entre eux du véhicule, mais pas le garçon installé à la droite du chauffeur. Il était coincé entre le tableau de bord et le siège, et il fallait le désincarcérer. Il avait moins de vingt ans, gémissait, en se plaignant des jambes et du côté. Il souffrait probablement d'une fracture du tibia et peut-être d'une côte, mais Adrien songea aussi à un éclatement possible de la rate. Il posa une perfusion, puis il se soucia des trois autres, peu gravement blessés, mais terrorisés par ce qui leur était arrivé. Ils avaient bu, évidemment, et s'inquiétaient beaucoup pour celui qui était prisonnier de la ferraille.

Deux gendarmes arrivèrent, qui les firent souffler dans un éthylotest et établirent un constat, puis une voiture des pompiers les conduisit à l'hôpital. Ensuite, il fallut encore dix minutes aux pompiers demeurés sur place pour parvenir à désincarcérer le jeune homme, qui ne gémissait plus et avait perdu connaissance. Ce fut le Samu qui se chargea de lui.

Adrien rejoignit Mylène, et démarra sans un mot.

— Ils sont morts ? demanda-t-elle au bout d'une centaine de mètres.

— Non.

— Ils étaient jeunes ?

— Oui.

Comment parvenir à se réinsérer dans le monde ordinaire, se réjouir de la chaleur de la voiture, après avoir vu cette jeunesse aux portes de la mort ? Il s'arrêta au bord de la route, prit Mylène dans ses bras et la tint un long moment serrée contre lui. Puis il repartit, avec les mots du patron du CHU qui, une fois de plus, tournaient dans sa tête : « Vous ne les sauverez pas tous… » Mais le téléphone se remit à sonner et les urgences se succédèrent jusqu'à cinq heures du matin, heure à laquelle, enfin, ils purent rentrer à Saint-Victor, le sommeil ayant gagné la population après les réjouissances arrosées de la soirée.

Le feu ne s'était pas éteint. Adrien le ranima en tisonnant les braises rougeoyantes et en jetant sur elles des branches maigres de genêt. Les flammes crépitèrent et enveloppèrent la nouvelle bûche de chêne disposée au-dessus des landiers.

— J'ai faim ! s'exclama Mylène en ouvrant la boîte de pâtisseries qu'elle avait apportée.

Ils dégustèrent face à face une délicieuse bûche de Noël sans se quitter des yeux, puis, sans un mot, Adrien se leva, lui tendit une main qu'elle prit en la pressant sur ses lèvres, et ils se précipitèrent dans la chambre où ils purent enfin découvrir ce qui les séparait encore, mais si peu, depuis la veille au soir.

Ce fut le téléphone qui les réveilla dès huit heures du matin. Une urgence à Chamiers, c'est-à-dire à une demi-heure de route.

— Reste au lit, dit Adrien. Rendors-toi.

— Non ! Je te suis.

— Mais non, attends-moi ! Il fait trop froid dehors.

Adrien ajouta, se penchant pour l'embrasser :

— Prépare-nous un petit déjeuner. Je repasserai dès que j'aurai terminé.

— Voilà que monsieur me prend pour sa femme de maison, dit Mylène en feignant l'indignation.

Il sourit, l'embrassa, s'en alla sur la route déserte à cette heure-là, qu'un peu de gel feutrait au revers des fossés. Tout en conduisant, il pensait à cette nuit en se demandant s'il y en aurait d'autres, et à la seule pensée que Mylène allait peut-être repartir chez son amie, il se sentit glacé. Tout cela était arrivé soudainement, mais il avait l'impression que c'était dans l'ordre des choses, qu'il ne pouvait pas en être autrement. Une autre pensée lui vint, puérile, dérisoire, mais qui lui réchauffa le corps et le cœur : il avait fait toute cette route vers Châteleix pour rencontrer Mylène. Il rit en lui-même, se moqua de son angélisme, conduisit jusqu'à Chamiers dans un état second, sans imaginer une seule seconde ce qui l'attendait là-bas, ce matin de Noël.

À l'entrée du bourg, il aperçut un fourgon bleu, et, à côté, un gendarme qui lui faisait signe de s'arrêter. Adrien reconnut le brigadier qui avait enquêté lors de l'accident de la nuit et il descendit de voiture. Le brigadier lui expliqua qu'un vieil homme solitaire s'était mis à délirer, et, armé d'un fusil, avait tiré en direction de la maison d'en face.

— Une querelle de voisinage ? demanda Adrien.

— Pas du tout. Les voisins assurent qu'ils étaient en bons termes. Un accès de folie, probablement.

— Il avait déjà manifesté ce genre de comportement agressif ?

— Non. Jamais. Il a toujours été aimable envers tout le monde.

— Il ne s'est rien passé récemment ?

— Non. Pas à la connaissance des voisins.

— Il n'a pas d'enfants ?

— Non.

— Pas marié ?

— Sa femme est morte d'un cancer l'an dernier.

— Est-ce qu'il a dit quelque chose ?

— Non ! Pas depuis qu'il a tiré.

— Vous avez essayé de l'approcher ?

— Non. Je vous attendais.

Adrien, stupéfait, se figea.

— Vous pensez que c'est à moi d'essayer ?

— Il faudrait lui faire une piqûre pour le calmer.

— Vous me dites qu'il a un fusil et qu'il a tiré.

Ils se dévisagèrent un moment, puis le brigadier capitula en disant :

— Je vais tenter de discuter avec lui et de le désarmer.

— Oui, approuva Adrien, c'est ce que vous avez de mieux à faire.

Il demeura en bas de l'escalier pendant que le brigadier montait les marches jusqu'à l'étage où s'était réfugié le vieil homme. Il entendit les premiers mots du gendarme, qui avait dû prendre la précaution de s'appuyer contre la cloison pour se protéger.

— Monsieur Chanat, je suis avec le médecin. Il va vous soigner et vous vous sentirez mieux.

Pas de réponse.

— Monsieur Chanat, vous m'entendez ?

— Foutez le camp !

Un silence, puis le brigadier reprit :

— Je veux bien m'en aller, à condition que vous me remettiez votre fusil.

— Foutez le camp, je vous dis !

— Soyez raisonnable ! Il y a un médecin en bas, il va vous faire une piqûre pour vous soulager, et après on discutera tous les deux.

— J'ai rien à vous dire.

— À moi, peut-être, mais à lui, vous pouvez lui parler.

— Je le connais pas.

— Quelle importance ? C'est un médecin. Il saura vous comprendre. Après, vous pourrez dormir et vous reposer.

Un long silence succéda à ces paroles, que le vieil homme parut ne pas avoir entendues.

— Nous sommes d'accord, monsieur Chanat?

Toujours le silence.

— Donnez-moi votre fusil et le médecin va monter.

— Je veux bien le voir, mais je garde mon fusil.

— Non, ce n'est pas possible.

— Alors, foutez-moi la paix!

Le brigadier redescendit et demanda à Adrien:

— Vous avez entendu?

— J'ai entendu. Et alors?

— Il faut le calmer à tout prix. Après, ce sera facile de le désarmer.

Adrien dévisagea le brigadier avec un air qui ne laissait aucun doute sur ce qu'il pensait de lui.

— Je resterai derrière la porte, prêt à intervenir.

Furieux, Adrien se décida à monter, suivi par le brigadier et par le jeune gendarme à qui son supérieur venait de faire signe d'approcher comme pour assurer une protection efficace, et, sans doute, atténuer sa mauvaise conscience. Une fois sur le palier dont les murs étaient recouverts d'un papier aux couleurs passées, d'un vert crasseux, Adrien frappa à la porte en se décalant un peu vers la cloison, mais sans véritable crainte.

— Je suis le médecin, dit-il.

— Où sont les gendarmes?

Fallait-il mentir ou dire la vérité? Il n'hésita pas une seconde:

— Ils sont là, à côté de moi.

— Je vous ouvrirai seulement s'ils redescendent.

C'était la première fois qu'Adrien se trouvait dans

une pareille situation. Il n'avait jamais imaginé qu'un jour il pourrait se trouver en danger du fait de sa profession. Ou du moins pas dans des circonstances pareilles. Il fit pourtant signe au brigadier d'obéir, car il avait hâte d'en finir, et il se retrouva seul, frappa à la porte une nouvelle fois en disant :

— Voilà. Je suis seul. Vous pouvez m'ouvrir.

— Qu'est-ce qui me prouve que vous êtes médecin ? Je vous connais pas.

— Je suis arrivé il y a trois mois à Châteleix. Je suis le docteur Vialaneix.

— Comment vous dites ?

— Vialaneix. Docteur Vialaneix.

— Je vous connais pas.

— Ça n'a pas d'importance. Il y a de nombreuses personnes que je soigne sans les connaître.

Un silence, puis :

— Les gendarmes sont descendus ?

— Oui.

— Je vais vous ouvrir, mais s'ils remontent, je tire.

Adrien entendit une clef tourner dans la serrure, puis un verrou grincer, et la porte s'ouvrit lentement. Il entra, découvrit un vieil homme aux yeux injectés de sang, trapu, pas rasé, vêtu d'un gros chandail de laine brune et d'un pantalon de velours noir, qui tremblait sur ses jambes en brandissant son fusil d'une manière dangereuse.

— Je ne peux pas vous soigner si vous ne posez pas votre arme, dit-il.

— Refermez à clef derrière vous.

Adrien s'exécuta, puis il fit de nouveau face au vieil homme, qui avait baissé le canon de son fusil.

— Posez ça et asseyez-vous, s'il vous plaît.

Le forcené hésita, puis accepta avec un soupir de soulagement.

— Dites-moi ce qui se passe, fit Adrien d'une voix la plus calme possible.

L'homme passa sa main droite sur sa tête puis sur ses yeux, comme s'il se réveillait d'un long sommeil.

— Avez-vous mal quelque part ?

— À la tête, mais j'ai l'habitude.

— Vous avez l'habitude ?

— Oui.

Adrien réfléchit quelques secondes, demanda :

— Vous y voyez bien ?

— Oui, j'y vois bien.

— Qu'est-ce qui s'est passé avec les voisins, ce matin ?

— Les voisins ?

— Vous avez tiré des coups de fusil sur la façade de leur maison.

— Oui.

— Vous pouvez me dire pourquoi ?

L'homme parut chercher dans une mémoire confuse, puis il déclara :

— Ils ont tué ma femme, l'an passé.

— On m'a dit qu'elle était morte d'un cancer.

— Non ! Ce sont eux qui l'ont tuée.

Il affirma, d'une voix douloureuse, comme s'il cherchait à s'en persuader lui-même :

— D'abord ils lui ont jeté un sort, et ensuite ils se sont acharnés sur elle.

Adrien, qui pensait que les croyances et les superstitions des siècles passés avaient disparu depuis longtemps, en fut stupéfait.

— Donnez-moi votre bras, je vais vous prendre la tension, dit-il pour gagner du temps.

L'homme tendit son bras sans difficulté, mais en assurant :

— Ils l'ont empoisonnée.

Adrien releva la manche, manipula son appareil et trouva une tension très élevée. Il hésitait depuis le début entre les premières manifestations d'une démence sénile ou celles d'une tumeur au cerveau. Dans les deux cas, il fallait hospitaliser.

— Je vais vous faire une piqûre, dit-il. Ça va vous soulager : vous aurez moins mal à la tête.

Il ajouta, rabattant la manche sur le bras, d'une voix la plus douce possible :

— C'est bien ce que vous voulez ? Ne plus avoir mal à la tête.

— Oui, ça, je veux bien.

— Alors, allons-y.

Adrien fit son injection, puis il attendit que le vieil homme se détende un peu avant de lui annoncer qu'il allait devoir partir à l'hôpital pour des examens.

— Non ! dit-il. Je ne veux pas m'en aller de chez moi.

— On vous soignera bien. Vous n'aurez plus mal.

L'homme le dévisagea un instant puis demanda :

— Vous avez une femme, vous ?

— Non, dit Adrien en pensant à Mylène qui devait l'attendre.

— Vous avez de la chance ! On ne vous l'empoisonnera pas.

— Venez vous allonger sur votre canapé, dit Adrien, vous serez mieux.

Il aida le vieil homme à s'y étendre, et, au bout de deux minutes, ce dernier ferma les yeux. Adrien en profita pour se saisir du fusil et le porter rapidement dans la cuisine. Ensuite, il alla ouvrir la porte et découvrit le brigadier, qui écoutait ce qui se passait à l'intérieur.

— Il va s'assoupir, dit-il. Appelez les pompiers. Ils l'emmèneront à l'hôpital.

— Où est son fusil ?

— Dans la cuisine.

Le brigadier se précipita, revint avec l'arme qu'il tendit à son collègue en lui demandant d'appeler les pompiers, puis, se tournant vers Adrien :

— Qu'est-ce que vous en pensez ?

Et, comme Adrien hésitait :

— Je vous rappelle qu'il a tiré sur ses voisins et que je dois faire un rapport.

Adrien haussa les épaules, répondit :

— Dépression due à la solitude, crise de démence, tumeur au cerveau, je ne peux pas vous dire exactement. Il faut faire des examens.

Puis, pour démontrer sa mauvaise humeur, il garda le silence jusqu'à l'arrivée des pompiers et il s'en alla après avoir salué froidement les gendarmes qui tentaient pourtant de le retenir.

Il pensait avoir une matinée de répit et la passer avec Mylène, mais les conséquences des repas de la veille – nourriture trop riche, trop arrosée, trop salée – se manifestèrent tout au long de la journée par des embarras gastriques, des vésicules encombrées, et, plus grave encore, des problèmes cardiaques, et de diabète. Il eut simplement un moment de repos entre midi et treize heures, en profita pour déjeuner avec Mylène d'un jambon braisé et de pommes dauphines qu'elle était allée acheter à Bénévent, puis le téléphone se remit à sonner, et comme elle ne voulait pas rester seule, elle le suivit.

Un peu de soleil éclairait maintenant la campagne qui étincelait à cause de l'humidité des derniers jours. Ils roulaient en direction de Bourganeuf, vers un village où le régulateur avait signalé une urgence. Il s'agissait d'un homme de cinquante ans, très gros, très rouge, qui venait de faire un accident vasculaire cérébral : la paralysie du côté gauche, la crispation anormale de la bouche et l'impossibilité d'articuler ne laissaient aucun doute sur ce qui lui était arrivé. Une fois de plus Adrien dut attendre le Samu, avant de repartir vers d'autres urgences, réconforté par la présence de Mylène, qui, lorsqu'il pénétrait dans la voiture, posait sa tête sur son épaule et prenait son bras. Il réalisa alors qu'il soignait peu lui-même et envoyait souvent les patients à l'hôpital, excepté les accès de fièvre provoqués par la grippe, et, chez les enfants, les rhinopharyngites et les angines. Mais n'était-ce pas normal puisqu'il travaillait seul dans l'urgence ? Toutefois, cette pensée d'une impuissance, même provisoire, le rembrunit au point que Mylène le remarqua et demanda :

— Quelque chose ne va pas ?

Et, comme il demeurait silencieux :

— Les jours de garde, c'est comme ça, non ?

— J'ai l'impression d'être un employé d'une compagnie de transport. Je ne soigne pas : je transfère.

— Il te manque l'uniforme et la casquette, fit-elle en éclatant de rire.

Et elle ajouta :

— Allez ! Ne te plains pas ! Imagine ce que les vieux médecins ont dû subir, jour et nuit, avec le peu de moyens dont ils disposaient !

Il ne répondit pas, songeant qu'il avait choisi cette vie, ces gens, qui souvent lui donnaient beaucoup plus qu'il n'en espérait.

Malgré sa fatigue, il dut repartir vers six heures du soir et se trouva en présence d'une enfant de deux ans victime d'une gastro-entérite. La petite souffrait apparemment de déshydratation. Les parents ne paraissaient pas inquiets, suspectant une simple pharyngite dont, prétendit la mère, leur fille était coutumière. Adrien donna à l'enfant un soluté de réhydratation, mais il ne se décida pas à s'en aller, malgré les deux appels qui avaient entre-temps fait vibrer son portable.

Au bout d'une demi-heure, l'enfant semblait un peu moins abattue. Il expliqua aux parents comment faire boire leur fille régulièrement, attendit encore une demi-heure avant d'être sûr qu'elle ne vomisse pas le liquide, mais il ne put se résoudre à partir. Il appela le pédiatre des urgences, lui fit un tableau exact de la situation, et ce dernier conclut qu'il n'était pas nécessaire d'hospitaliser. Rassuré par le diagnostic qu'il savait enregistré, Adrien s'en alla, non sans avoir recommandé aux parents de conduire l'enfant aux urgences s'ils ne constataient pas d'amélioration.

Il était un peu plus de sept heures et il n'avait plus qu'une hâte : se réfugier à Saint-Victor avec Mylène, et couper son téléphone, pour passer enfin avec elle une soirée et une nuit sans être dérangé. Il dut pourtant accomplir une dernière visite loin du cabinet, au cours de laquelle il dut poser deux points de suture sur l'arcade d'un enfant qui venait de tomber d'un escalier en chahutant avec son frère. Quand ce fut terminé, il consulta sa montre : huit heures cinq. Ils étaient libres enfin, au moins jusqu'au lendemain matin.

Ils dînèrent face à face des restes de midi, puis ils allèrent sur le canapé, Mylène allongée, la tête sur les genoux d'Adrien qui lui caressait les cheveux. D'abord ils ne parlèrent pas, tout à leur plaisir de se sentir si proches, devant la cheminée où crépitaient des flammes d'or, et, comme il était épuisé, il finit par s'endormir pendant quelques minutes.

Mylène ne bougeait pas, attendait en sentant contre son oreille battre ce cœur qu'elle découvrait avec une familiarité qui ne l'étonnait même pas. Depuis qu'elle l'avait rencontré, ce premier jour où il était entré dans le cabinet, et même avant de lui serrer la main qu'il tendait avec une certaine timidité, elle avait su que cela arriverait. Il était beau, certes, mais ce n'était pas cette beauté un peu distante qui l'avait attirée. Elle avait deviné que sa fragilité apparente dissimulait un courage, une force qu'il devait aller puiser au fond de lui quand d'autres les trouvaient plus aisément. Et c'était cette tension permanente qui lui donnait l'aspect d'un adolescent trop vite grandi, que le combat journalier contre la maladie éprouvait en profondeur, malgré les efforts qu'il faisait pour ne pas se trahir.

Elle se demanda si elle n'était pas allée vers lui pour le protéger, avec cet instinct maternel que les femmes, parfois, sollicitent sans même s'en rendre compte, et elle sourit en se moquant d'elle-même. Est-ce qu'il fallait tout expliquer ? Non ! Certainement pas. Il fallait seulement profiter de la rareté, du bien-être, de la chaleur d'un corps, de cette sensation d'avoir trouvé un port, une plage où s'abandonner enfin au seul plaisir de vivre et d'aimer. Il fallait écarter la maladie, les plaies, les souffrances, les plaintes, les pleurs, oublier que demain le combat reprendrait.

Il s'éveilla en sursaut, car elle avait bougé.

— J'ai dormi longtemps ? demanda-t-il.

— Non. Dix minutes.

— Excuse-moi.

Elle se redressa, s'assit, lui prit le bras dans ce geste qui lui était coutumier et qui exprimait, sans qu'elle en eût conscience, la nécessité de ne plus le quitter.

— On ferait mieux d'aller dans la chambre, dit-il.

— Attends ! Encore un peu. On est bien, là.

— Oui, dit-il, on est bien, mais demain ?

— Quoi, demain ?

— Tu connais la chanson ?

— Non.

— Demain, seras-tu là ?

Mylène lâcha son bras, s'écarta légèrement, prit son visage entre ses mains, murmura :

— Si tu le veux, je serai là bientôt.

Elle ajouta :

— Peut-être pas demain, mais bientôt.

Elle lui tendit la main, et l'entraîna vers la chambre encore habitée par leurs découvertes de la nuit passée.

5

Mylène avait finalement regagné le domicile de sa copine – une assistante sociale de ses amies – car elle redoutait une ultime scélératesse de son mari : tant qu'elle n'était pas divorcée, elle le savait capable de faire dresser un constat d'adultère par un huissier. Elle ne dormait à Saint-Victor qu'une fois par semaine, et arrivait seulement à la nuit tombée, après avoir dissimulé sa voiture derrière la maison. En revanche, elle passait la journée du dimanche avec Adrien, car il était facile de se justifier en arguant de nécessités professionnelles : ils faisaient partie du même cabinet et devaient organiser le travail de la semaine à venir.

Mme Viguerie avait deviné leur nouvelle relation et en était très contrariée. Sans doute pour regagner l'importance qu'elle croyait avoir perdue auprès d'Adrien, elle lui avait annoncé qu'elle avait recueilli chez elle la petite Marion, celle qui souffrait d'un lymphome, car sa tante ne pouvait plus la garder. La mère de l'adolescente, elle, était toujours sous surveillance à l'hôpital.

— Je ne crois pas que ce soit une bonne idée, avait

objecté Adrien, convaincu qu'il fallait éviter de nouer des liens trop étroits avec les malades, sous peine de s'y attacher et de ne pouvoir donner aux autres l'attention qu'ils méritaient.

— Je vis seule et je n'ai pas d'enfant, avait répondu Mme Viguerie.

Depuis, le soir, l'adolescente venait parfois attendre sa bienfaitrice après le lycée, si bien qu'Adrien la trouvait studieuse dans la salle d'attente et feignait de se réjouir de la voir là. Elle se tenait bien droite, un livre ou un téléphone portable dans les mains, avec ses yeux clairs qui illuminaient un visage au front haut, débordant d'intelligence.

— Ça va, Marion ? demandait-il.

Elle hochait la tête et souriait d'un air complice en répondant :

— Ça va fort !
— Et ta mère ?
— C'est « relou ».
— Ça va s'arranger, va !
— Mais bien sûr ! s'exclamait-elle sur un ton d'évidence qui ne trompait ni l'un ni l'autre.

Il admirait son courage, mais ne pouvait le lui avouer, pour ne pas trop l'alerter sur la gravité de la situation. C'était là l'une des nombreuses failles qu'il dissimulait de son mieux. Comme le fait de s'arrêter régulièrement chez le frère et la sœur qui ne pouvaient pas se quitter, même s'ils n'avaient pas fait appel à lui. Il y avait là, dans cette maison isolée où ils avaient passé toute leur vie, quelque chose d'une extrême fragilité, de très précieux, qu'il ne voulait à aucun prix voir se briser. Mylène savait tout de ces visites, car elle donnait des soins à la vieille dame, mais elle ne parlait jamais de ses craintes à Adrien, car elle avait compris à quel point il s'était attaché à eux.

Le temps s'était remis au froid en cette mi-janvier et la neige avait refait son apparition, rendant la circulation difficile. Adrien se félicitait chaque matin de monter dans son quatre-quatre chaussé de pneus neige, et il partait à la rencontre de ceux qui ne pouvaient pas se déplacer, progressant entre les candélabres blancs des arbres givrés dans un paysage de premier jour du monde – « comme au temps des glaciations », se disait-il avec l'ingénuité qui lui était coutumière dans cet univers de neige, et avec un frisson de plaisir qui le renvoyait vers le chemin de l'école, quand il s'éloignait de la chaleur des poêles. Seules quelques fumées montant des cheminées trahissaient une vie tapie entre des murs épais, et il songeait parfois qu'il en était le gardien. Non par un vain orgueil ou une vanité dérisoire, mais simplement parce que sa présence en ces lieux lui paraissait légitime et justifiée. Il se sentait heureux. Sa vie avait un sens : préserver celle qui était éclose ici il y avait des milliers d'années, à partir d'une nécessité qui lui avait toujours paru évidente et sacrée. Sa mission était de veiller pour la protéger, même s'il n'y parvenait pas toujours.

Ainsi, ce matin du 18 janvier, dans un hameau isolé, un homme de quarante ans, marié, père de deux enfants, s'était pendu dans sa grange. Les pompiers et les gendarmes se trouvaient déjà là, alertés par l'épouse à présent muette, pétrifiée, dont les deux garçons, heureusement, étaient déjà partis au lycée avec le car de ramassage scolaire. L'homme, décroché par les pompiers, premiers arrivés sur les lieux, gisait sur la paille, et il s'agissait, pour Adrien, d'établir un certificat de décès et de signer le permis d'inhumer. Mais il ne put repartir rapidement, car l'épouse eut un malaise, et les pompiers durent la transporter dans sa maison où Adrien lui donna un sédatif et veilla sur elle pendant près d'une heure.

Il apprit alors ce qui expliquait le geste de désespoir du mari : l'endettement, la faillite de l'exploitation agricole, le travail de toute une vie anéanti, un échec, un déshonneur qu'il n'avait pu accepter. Adrien promit de repasser en fin de matinée, s'en alla enfin, secoué par ce qu'il venait de vivre. N'avait-il pas assisté aux conséquences de la décomposition du monde qu'il prétendait défendre et secourir ? Et qu'avait-il pu faire ? Rien. Il était arrivé trop tard. Personne ne l'avait alerté sur ce danger qui rôdait dans cette petite ferme – trop petite, trop étroite pour être rentable dans une économie qui désormais la condamnait irrémédiablement.

Il se sentait contrarié, de fort mauvaise humeur en arrivant pour sa deuxième visite dans un village où une femme d'une trentaine d'années avait eu un malaise. Elle était caissière dans un Carrefour Contact comme il en fleurissait beaucoup, depuis quelques années, dans les petites agglomérations, et elle avait été transportée dans le vestiaire où une collègue veillait sur elle. Le directeur du magasin, lui, manifestait de l'agacement devant la queue qui augmentait devant ses caisses, et Adrien lui demanda, poliment mais fermement, de s'éloigner.

La patiente était brune, petite, plutôt forte, et respirait difficilement.

— Avez-vous perdu connaissance longtemps ?

— Je ne sais pas.

— Plus de trois minutes ?

— Je ne crois pas, dit sa collègue, une jeune femme rousse avec des taches de son sur le visage, et beaucoup de vivacité dans le regard.

— Vous avez déjeuné, ce matin ?

— Oui.

— Vous êtes enceinte ?

Une lueur d'affolement passa dans les yeux de la patiente, qui essuya une larme.

— Non... Je ne crois pas.

Sa tension était très basse, et elle était en sueur.

— Ouvrez la bouche, s'il vous plaît !

Une perte de connaissance prolongée accompagnée d'une morsure de la langue et de mouvements convulsifs pouvaient traduire un problème neurologique, mais ce n'était pas le cas.

— C'est la première fois que cela vous arrive ?

— Oui.

— Il ne s'est rien passé de particulier, ce matin ?

Pas de réponse.

— Elle a été convoquée par le directeur qui a menacé de la licencier, déclara sa collègue.

— Pourquoi ?

— Parce qu'elle est trop souvent absente.

— Et pourquoi est-elle souvent absente ?

— Elle s'occupe de sa mère âgée et de son frère handicapé.

La collègue ajouta en soupirant :

— Ils vivent ensemble. Son frère, qui a vingt-cinq ans, a fait une fugue cette nuit, et elle l'a cherché partout.

— Il n'est pas placé dans une institution spécialisée ?

— Non. Elles ne veulent pas se séparer de lui.

Accablé, Adrien fit un effort sur lui-même pour sourire et rassurer les deux jeunes femmes.

— Ce n'est pas grave, dit-il. Du stress et de la fatigue. Il faudrait vous reposer huit jours.

— Non ! dit la patiente. Je dois travailler. Ça va déjà beaucoup mieux.

Et elle essaya de se redresser.

— Attendez encore un peu, et gardez bien vos jambes surélevées.

— Bon ! J'y vais ! fit la collègue.

Et, à l'adresse de son amie :

— Tu vois, ma puce, c'était pas grave.

Adrien attendit dix minutes de plus avant de partir et de renseigner le directeur qui venait aux nouvelles.

— Stress et fatigue. Ménagez-la, s'il vous plaît. Elle a des charges de famille importantes.

— Je ne suis pas un bureau d'aide sociale ! répliqua l'homme avec une agressivité très déplaisante. J'ai une boutique à faire tourner, moi, et j'ai des comptes à rendre.

Adrien repartit, furieux, en se demandant pourquoi aujourd'hui l'origine des problèmes de santé de cette population paraissait davantage d'ordre social, économique ou familial, plutôt que physiologique. De nouveau il se sentit aussi impuissant qu'au matin, il s'en voulut et, comme pour fuir cette désagréable sensation, il se promit d'en parler à Mylène.

Ce qu'il fit à midi, en déjeunant avec elle, après être repassé au domicile de l'homme qui s'était pendu, et où l'épouse, heureusement, était soutenue par sa sœur et son beau-frère.

— Tu sais bien quelles en sont les causes, lui dit Mylène : le chômage, l'isolement, une population âgée.

— L'homme qui s'est suicidé avait quarante ans, objecta Adrien.

— Les petites propriétés ne sont plus rentables depuis longtemps, assura Mylène. La crise économique n'a fait qu'aggraver la situation.

Il se tut, avala une bouchée de pain, poursuivit :

— Tu es en train de me dire qu'il s'agit d'un combat perdu d'avance ?

— Non, fit-elle, c'est un combat difficile, c'est tout. Et elle ajouta :

— Tu le savais depuis le début, non ?

— Je ne pensais pas que c'était à ce point. Les dix dernières années, je les ai vécues en ville, tu le sais bien.

Elle posa sa main sur la sienne, reprit :

— Mais tu n'es pas seul. Je suis là, moi.

— Pas assez.

— Un peu de patience, le meilleur de la vie est toujours à venir.

— C'est vraiment ce que tu penses ?

— C'est ce que je m'efforce de penser. Une habitude à prendre.

— Et comment fais-tu ?

— Je t'expliquerai.

Adrien sourit, demanda :
— Dès cette nuit, j'espère.
— Non. Demain soir seulement.
— Tu préfères dormir chez ta copine ?
— Oui.
— Comment s'appelle-t-elle ?
— Nathalie.
— Tu me la présenteras ?
— Jamais. Tu le sais bien.
— Et pourquoi ?
— Elle te volerait à moi.

Ils s'esclaffèrent, heureux de ces petits échanges qui les détendaient avant de retrouver les patients assis sous l'œil vigilant de Mme Viguerie. Celle-ci se montrait indignée par la complicité du médecin et de l'infirmière qui, selon elle, transgressaient les règles de la moralité. Elle savait, en effet, que Mylène était mariée, et elle lui opposait de plus en plus d'hostilité, ce qui amusait Adrien, mais exaspérait Mylène.

— Dis à ta deuxième mère que nous sommes majeurs, soufflait-elle à l'entrée de son bureau.

— Dis-le-lui toi-même ! répondait-il. Elle sera ravie, j'en suis sûr.

Ils s'amusaient finalement, tout en sachant que le temps de ces espiègleries leur était compté, et que la maladie, elle, ne plaisantait pas.

Trois jours plus tard, un jeudi, vers cinq heures du soir, Adrien entendit un remue-ménage inhabituel dans la salle d'attente, alors qu'il établissait une ordonnance pour une femme, en fin de consultation. Il se hâta d'en terminer, sortit de son bureau et découvrit un jeune homme grand, brun, barbu, qui s'agitait et menaçait les deux personnes qui attendaient et paraissaient effrayées. Il reconnut aussitôt un toxicomane, probablement en manque, qui exigeait de le voir tout de suite.

— Revenez dans une heure ! lui lança Adrien. J'aurai terminé les consultations. Vous n'avez pas rendez-vous et ces deux personnes sont arrivées avant vous.

Il dut se montrer intransigeant malgré les menaces – verbales heureusement –, et l'individu en question s'en alla sans préciser s'il allait revenir ou pas. Il revint, cependant, et bien avant une heure, au point que Mme Viguerie, affolée, vint alerter Adrien, qui mit un terme rapidement à la consultation en cours.

Le jeune homme, qui devait avoir vingt-cinq ans environ, le supplia aussitôt de lui donner du Subutex, son dealer lui ayant fait faux bond. Adrien avait été formé à la prise en charge de toxicomanes lors d'un stage dans un centre de soins d'accompagnement et de prévention en addictologie. Il savait que lorsqu'un toxicomane vient voir un médecin généraliste, c'est le plus souvent pour se procurer une ordonnance au hasard de ses pérégrinations, et rarement par volonté d'un sevrage qui mettrait fin aux galères de l'approvisionnement ou du manque d'argent. Il savait également que la mise à disposition des traitements de substitution avait été décidée sous la pression de l'épidémie de VIH, pour éviter les overdoses et favoriser la diminution, voire l'arrêt, de drogues illicites.

La prise en charge d'un toxicomane impliquait donc un suivi, ce qu'il expliqua au jeune homme, de plus en plus agité.

— Oui, répondit ce dernier, tout ce que vous voulez, mais donnez-moi quelque chose, vite.

— Seulement si vous acceptez de revenir chaque semaine en prenant rendez-vous.

— D'accord !

— J'ai besoin de savoir ce que vous consommez et depuis quand.

— Je sais pas, moi ! Qu'est-ce que c'est que ce genre de questions ? Vous êtes de la police ou quoi ?

— Si vous ne me répondez pas, je ne peux rien pour vous.

Le jeune homme avoua qu'il prenait de l'héroïne depuis l'âge de seize ans, et, depuis deux ans, tous les jours, par voie nasale. En cas de manque, il se rabattait sur de la buprénorphine – du Subutex – achetée au marché noir, mais il n'en trouvait plus depuis deux jours, le fournisseur ayant disparu.

— Je vais vous donner ce que vous me demandez à condition que vous consultiez un addictologue. Quant à moi, je vous recevrai sur rendez-vous, comme je vous l'ai déjà dit ; vous devrez être à l'heure, respecter les patients qui attendent, vous approvisionner chez le même pharmacien, et me payer, comme tout le monde.

Il hésita une seconde, demanda :

— Vous travaillez ?

— Comment voulez-vous que je travaille ?

— Vous êtes inscrit à Pôle Emploi ?

— Oui.

— Vous avez donc la C.M.U. ?

— Mais qu'est-ce que c'est que toutes ces histoires ? rugit le jeune homme. Vous m'en donnez ou pas ?

Adrien hésita, mais, comme le jeune homme paraissait à bout et visiblement souffrait, il établit une ordonnance de buprénorphine pour cinq jours.

— Surtout ne prenez pas autre chose en même temps, précisa-t-il. Commencez par un comprimé d'un milligramme, et, si cela ne suffit pas, vous pouvez augmenter jusqu'à huit milligrammes, mais pas plus. Vous m'entendez ? C'est très important. Et rien d'autre en même temps !

Le jeune homme tendit la main, mais Adrien ajouta :

— Vous vous fournirez toujours à la même pharmacie : celle de Châteleix. Je vais les prévenir. Ce produit est soumis aux règles de prescription des stupéfiants.

— Entendu !

À peine eut-il l'ordonnance en main que le jeune homme disparut, sous l'œil effaré de Mme Viguerie et celui, sceptique, d'Adrien, qui se demandait s'il le reverrait. Il regrettait de n'avoir pu obtenir tous les renseignements nécessaires dont il avait besoin : sa situation familiale, ses ressources, son état psychiatrique, savoir s'il dealait lui aussi, s'il avait utilisé des seringues, s'il avait déjà fait une overdose, etc. Très mécontent de ce qui s'était passé, il dut encore faire face à la mauvaise humeur de Mme Viguerie, à l'instant où il lui apprit qu'il lui avait donné un rendez-vous le jeudi suivant.

— Et s'il revient armé, s'indigna-t-elle, vous vous rendez compte des risques que vous prenez ?

— Si vous avez peur, répondit-il, vous pouvez rester chez vous jeudi prochain. Je sais ce que j'ai à faire, et ça ne regarde que moi.

Le jeudi suivant, pourtant, elle fut fidèle au poste, comme chaque jour – ce dont Adrien n'avait pas douté –, mais le jeune toxicomane ne revint pas. Mylène, à qui Adrien en avait parlé, n'en fut pas étonnée : elle savait que la drogue circulait même dans les plus petits villages, en général consommée par tous les laissés-pour-compte de la vie, et que le jeune homme n'aurait aucun mal à trouver un nouveau dealer. De cet incident, Adrien garda l'impression d'avoir été floué, et de n'avoir pas su persuader un jeune homme en danger de renoncer à la drogue qui allait le tuer.

Il l'oublia, pourtant, en présence des nouveaux malades, toujours plus nombreux, qui faisaient appel à lui, comme si sa réputation – sa patience, son humanité, sa jeunesse aussi, sans doute, qui laissait entrevoir une nouvelle façon de soigner – touchait maintenant les communes alentour, où certains malades quittaient leur médecin habituel pour venir consulter chez lui.

— C'est de la simple curiosité, assurait Mylène. Quand ils se seront fait une opinion, ils repartiront.

Elle ajoutait, souriante :

— En outre, les grands malades sont toujours à la recherche de ce qui les soulagera le plus, et ça se comprend. Mais les médicaments disponibles sont les mêmes partout. Tu ne peux pas faire de miracles.

Il le savait et pourtant, même s'il s'en défendait, il se sentait heureux de constater que de plus en plus de patients lui accordaient leur confiance. Comme le maire, par exemple, dont l'épouse, en chimiothérapie, se trouvait dans un état dépressif inquiétant. Elle avait été profondément ébranlée par la découverte de sa tumeur au sein, et ne parvenait pas à se rétablir, ce qui provoquait une vive inquiétude chez elle, mais aussi chez son époux. Adrien passait maintenant chez eux dès qu'il avait un moment, et les rassurait de son mieux.

— Je ne supporterais pas une opération, lui répétait-elle, lors de chaque visite.

— Il faut faire confiance à vos médecins, lui disait-il. Votre tumeur a été diagnostiquée très tôt.

Il ajoutait, comme elle demeurait incrédule, presque hostile :

— On en sait plus sur le caractère agressif ou non de ces tumeurs. Ce qu'il faut prendre en considération, c'est la nature des tissus touchés, plus que leur importance. Votre cas est le plus propice à une guérison définitive. Il faut avoir confiance : on soigne aujourd'hui en associant différentes méthodes, et c'est efficace.

Le plus souvent il s'en voulait de l'assurance apparente avec laquelle il s'exprimait. Comment pouvait-il se montrer si affirmatif alors que la recherche, il le savait, n'en était qu'au stade des balbutiements ? Certes, elle progressait vite, mais que de chemin, encore, à parcourir ! Et lui, pour fortifier un état psychique défaillant, était contraint d'afficher, presque chaque jour, une assurance qu'il savait injustifiée. Mais il savait aussi que c'était la règle : un médecin ne doit jamais montrer qu'il doute. Les patients, quels qu'ils soient, ont besoin de croire en son pouvoir de guérison. Chaque fois qu'il se heurtait à ce genre de doute, il se réfugiait dans l'espoir que l'expérience du métier lui donnerait plus de certitudes, qu'il deviendrait plus assuré dans ses diagnostics et plus ferme dans ses paroles vis-à-vis de ceux qui croyaient en lui.

Mais de ces doutes, il ne pouvait parler à personne, pas même à Mylène, et il lui venait parfois le regret de ne pas se trouver au contact de collègues avec lesquels il aurait pu échanger. Un cabinet médical en ville, par exemple, ou à l'hôpital. Mais aussitôt il s'en voulait de ce début de renoncement et se reprochait ce moment de faiblesse. Il s'apaisait seulement en roulant au milieu de la campagne pétrifiée par le froid, en traversant des bois, des prairies et des champs. Il savait alors qu'il était bien chez lui, au cœur même de sa vie, et il oubliait le reste.

Il revit Daniel de Miremont, toujours aussi élégant avec son costume et sa lavallière, toujours aussi timide et emprunté. Cet homme le touchait par son immense fragilité. Adrien l'avait aperçu dans la salle d'attente avec un certain plaisir : le buste bien droit, un sourire aux lèvres, des yeux pleins de candeur, et cette politesse qui s'exprimait dans le moindre de ses gestes, la moindre de ses paroles :

— Je suis désolé de vous déranger une nouvelle fois, docteur, mais j'ai vraiment besoin d'un conseil, et vous êtes le seul sur qui je puisse compter.

— Dites-moi, fit Adrien.

— C'est au sujet de cette femme admirable qui est source de tous mes tourments.

— Vous lui avez parlé ?

— Non. Pas encore.

Daniel ajouta aussitôt, comme pour dissimuler sa faiblesse :

— Mais je lui ai donné à comprendre que je lui portais un tendre sentiment.

— Et comment a-t-elle réagi ?

— À vrai dire, elle n'a pas très bien réagi.

— Elle a été vexée ?

— Non ! C'est une femme admirable, comme je vous l'ai déjà dit.

— Et alors ?

— Elle m'a dit, en me croisant ce matin : « Est-ce bien raisonnable, Daniel ? »

— Qu'avez-vous répondu ?

— Je n'ai pas pu répondre. Peut-être l'ai-je heurtée ?

— Non. Je ne crois pas.

— Ah ! Vous me rassurez, docteur. J'avais peur de l'avoir blessée.

Daniel ajouta, d'un air douloureux :

— Si c'était le cas, je préférerais renoncer à mes sentiments plutôt que de lui nuire.

— Mais non, je ne pense pas. Ne vous inquiétez pas.

— C'est que, voyez-vous, docteur, c'est une femme comme on en voit peu. Une sorte de pépite, vous comprenez ce que je veux dire ?

— Les pépites sont rares.

— Exactement. C'est pour cette raison que je ne veux pas la perdre.

— Je comprends.

— Alors que faire pour qu'elle me pardonne ?

— Mais elle n'a rien à vous pardonner.

— Vous le pensez vraiment ?

— Mais oui. Ne vous inquiétez pas.

— Ah! Merci! Cela me fait du bien de vous entendre.

Daniel esquissa le geste de se lever, puis, se ravisant, il se rassit en demandant :

— Combien vous dois-je ?

— Rien. Je ne vous prescris aucun médicament.

— Vous êtes un homme très généreux, docteur.

— Mais non.

— Si! Je vous assure.

Adrien sourit, et, ne pouvant se résigner à laisser partir Daniel si rapidement, il reprit :

— Peut-être que si elle se montre si réservée, c'est parce qu'elle attend plus de vous, qu'elle est déçue par votre manque de décision.

Daniel eut un geste affolé des bras, les tics se multiplièrent sur son visage.

— Vous croyez ? dit-il.

— Pourquoi pas ? C'est une hypothèse que vous ne pouvez en aucun cas écarter.

— Mon Dieu ! Est-ce possible ? Et je l'aurais déçue ?

— Peut-être.

— Comment puis-je être aussi aveugle ?

— Il n'est pas trop tard.

— Vous croyez ?

— Mais oui. N'hésitez plus, elle n'attend peut-être que ça.

Daniel demeura un instant dans une immense perplexité, puis il s'ébroua comme s'il sortait d'un mauvais rêve, et déclara :

— J'ai besoin de réfléchir à tout ça. Je suis bouleversé à l'idée de savoir que je n'aurais pas été à la hauteur de ses espérances.

— Soyez simple. Parlez-lui calmement.

Daniel se leva d'un bond, comme si sa décision était prise.

— Je vous remercie, docteur, vous m'avez éclairé.

Il serra la main d'Adrien et s'en fut, un sourire radieux sur son visage.

Cet après-midi-là, décidément, fut celui des visites légères et pleines de drôlerie, car moins d'une heure après, ce fut la poétesse qui pénétra dans le bureau d'Adrien, l'air mystérieux, avec sa grâce nonchalante habituelle. Elle s'assit face à Adrien, ses yeux braqués sur lui, un long moment muette.

— Que puis-je pour vous ? demanda Adrien, impatienté. Où avez-vous mal aujourd'hui ?

La poétesse prit un air outré, puis elle s'exclama d'une voix lourde de reproche :

— Est-ce que vous savez lire, docteur ?

— Je crois, oui.

— Mais peut-être ne goûtez-vous pas la poésie.

— Je n'ai guère le temps, vous savez, de lire de la poésie.

— Vous pensez qu'elle n'est pas à la hauteur de votre science et de votre savoir ?

— Non. Je vous répète que je n'ai pas le temps de me pencher sur des vers, aussi beaux soient-ils.

— Pas même les miens ?

— Pas même les vôtres.

— Je vois ! fit la poétesse. Adieu !

Et, sans qu'Adrien puisse ajouter un mot, elle se

leva et partit, non sans abandonner, comme à son habitude, une enveloppe sur son bureau. Il l'ouvrit, déplia une feuille de papier et lut ces quelques vers qui lui arrachèrent un sourire :

« Ô ! toi qui m'ignorais,
Sauras-tu jamais
À quel point je t'aimais ?
Il me reste la tombe
Et les blanches colombes
Et dans l'oubli de toi,
Je serai libre enfin
Et délivrée de moi… »

Le soir, il montra le poème à Mylène et lui parla du doute qui s'était insinué dans son esprit : et si la poétesse se suicidait ?
— Mais non ! Ne t'inquiète pas, c'est une comédienne. Elle n'écrit pas que de la poésie, elle fait du théâtre aussi.
— Tu en es sûre ?
— Mais oui.
Il garda cependant pendant quarante-huit heures une mauvaise impression qui assombrit l'amusement tiré d'ordinaire de ces visites qui le distrayaient des drames de la vie quotidienne.

À quelques jours de là, un matin de la fin janvier, il fut appelé au domicile d'une femme de plus de quarante ans qui avait des nausées et vomissait, et il ne put que lui confirmer, après l'avoir interrogée et examinée, qu'elle était enceinte. Alors qu'il croyait, comme c'était parfois le cas, qu'elle réagirait mal à cette nouvelle, au contraire elle l'embrassa, appela son mari au téléphone et se mit à danser avant de s'écrouler, à bout de souffle, devant Adrien, médusé.

— Vous ne pouvez pas savoir comme je suis heureuse ! dit-elle en lui prenant les mains. Je pensais que je ne pouvais pas avoir d'enfant, que c'était trop tard.

— Il n'est jamais trop tard, dit-il. Il suffit de peu de chose, parfois, pour que ce qui était impossible hier devienne possible aujourd'hui. Un petit événement, même inconscient…

Pourquoi affirmait-il une chose pareille ? Il savait pertinemment qu'en ce domaine il existait des incompatibilités physiologiques qui interdisaient la rencontre d'un spermatozoïde et d'un ovule, mais il savait aussi qu'un blocage psychique pouvait avoir une influence négative. Il repartit, réconforté par ce qu'il venait de vivre, et ne put s'empêcher d'en faire part à Mylène, à midi, qui parut troublée par la joie manifestée par la jeune femme enceinte. Au point qu'Adrien lui demanda, avec précaution, s'ils n'avaient jamais songé, avec son mari, à avoir un enfant.

— Lui si, répondit-elle. Mais pas moi.

Et, comme Adrien n'osait insister, elle ajouta d'elle-même :

— Un enfant doit pouvoir aimer son père. Et moi, je n'ai jamais voulu infliger à mon fils d'avoir à aimer un père pareil.

— Ç'aurait pu être une fille.

— Ç'aurait été pire.

Mylène reprit, tout bas, si bas qu'il entendit à peine :

— J'ai eu la chance, moi, de pouvoir aimer mon père, et c'est irremplaçable.

Elle se livrait peu, mais lâchait de temps en temps des indices sur son enfance. À ces occasions-là, il se sentait encore plus proche d'elle, devinant qu'elle avait dû lutter, n'y étant pas préparée, pour ne pas capituler face à un mari si différent de ce qu'elle avait imaginé. Il savait qu'une enfance heureuse ne prédispose pas à ce genre de combat, mais il savait aussi que sa nature joyeuse lui donnait toujours l'énergie nécessaire pour avancer. C'est à peine s'ils prononcèrent quelques mots jusqu'à la fin du repas, ce midi-là, puis ils partirent vers le cabinet avec la sensation d'une proximité, d'une compréhension mutuelle qui les avait apaisés.

Il fut brutalement tiré de cette sérénité vers quinze heures, quand des cris retentirent dans la salle d'attente, d'où surgit Mme Vigucrie, affolée. Le jeune toxicomane était revenu et se montrait très menaçant, insultant les patients et cherchant à forcer la porte du bureau d'Adrien. Depuis son stage en psychiatrie, Adrien avait eu à faire face à ce genre de situation, y compris par la force, et il savait comment se comporter : il entraîna le jeune homme dehors, dans le froid, afin d'éloigner le danger de la salle d'attente. Henri, le kiné, était sorti et s'approchait pour éventuellement lui venir en aide. Il n'en eut pas besoin : Adrien avait saisi le toxicomane au col et le maintenait contre le mur en pesant sur lui.

— Vous n'êtes pas venu au rendez-vous, comme vous le deviez, lui reprocha Adrien. Vous n'avez plus rien à faire ici. Je ne suis pas un dealer, mais un médecin.

— J'ai pas pu venir, j'ai été malade.

— Ce n'est pas une excuse, il fallait prévenir.

— J'ai pas de portable.

— Il fallait en trouver un. Partez et ne revenez jamais, sinon j'appelle la police !

Il lâcha le jeune homme qui le menaça en disant :

— Je reviendrai et je me vengerai.

— Vos menaces ne m'impressionnent pas.

Le toxicomane ne répondit pas. Une douleur brutale le plia en deux, mais il se redressa aussitôt, et, après un regard lourd de violence contenue, il fit volte-face et s'en alla.

Adrien regagna la salle d'attente et rassura les patients, qui manifestaient une certaine inquiétude. Il s'en voulut de son intransigeance, mais il savait qu'en ce domaine il fallait faire preuve d'autorité et de dureté. Il n'avait pas refusé son aide lors de la première apparition du jeune homme, il n'avait donc pas à faire preuve aujourd'hui de la moindre indulgence.

Le soir même, encore sous le coup de cette algarade, alors qu'il s'apprêtait à rentrer à Saint-Victor, il dut repartir chez un homme qu'il avait déjà secouru, et qui souffrait d'un mal étrange : il était atteint de potomanie, c'est-à-dire d'une maladie obsessionnelle qui le contraignait, en période de crise, à remplir son corps de liquide. Il buvait alors tout ce qui lui tombait sous la main. De l'eau bien sûr, mais parfois aussi de l'alcool, des sodas, des liqueurs : tout ce qui compensait ce besoin dramatique d'emplir son corps.

Il avait été hospitalisé à plusieurs reprises, car c'était la seule manière de le faire désenfler, en lui injectant des diurétiques, sans quoi il serait mort. Adrien savait qu'on ne pouvait pas vraiment soigner cette maladie rare et inquiétante, sinon en psychiatrie. Quelques mois auparavant, ce malade sur lequel il avait eu à se pencher s'était enfui de sa chambre et tout le service l'avait cherché avant de le retrouver dans une douche, à moitié nu, le visage sous le pommeau, en train de boire, sans parvenir à s'arrêter.

Il s'appelait Jean R., et il avait cinquante ans. Il était par ailleurs d'une bonhomie touchante qui l'aidait à accepter sa maladie, tandis que sa femme veillait sur lui. C'était elle qui avait appelé le cabinet, ce soir-là, car il avait réussi à déjouer sa vigilance, et avait bu pendant plus d'une heure tellement d'eau que ses membres et son corps étaient enflés de façon effrayante.

— Il fallait appeler une ambulance pour le conduire à l'hôpital ! dit Adrien à cette pauvre femme qui ne savait plus à quel saint se vouer.

— Je l'ai fait, mais le temps qu'ils arrivent, j'ai préféré vous faire venir, car je ne parviens pas à le maîtriser.

— Où est-il ?
— Là, dans la cuisine.

Jean était assis, la tête renversée, une bouteille d'eau à la main, et il se débattit quand Adrien voulut la lui prendre.

— Allons ! Soyez raisonnable.

Il savait pourtant qu'il était inutile de parlementer,

que rien ne pourrait raisonner le malade en proie à cette obsession mortelle. Adrien lui arracha violemment la bouteille des mains, et l'homme ne lutta pas. Il se leva aussitôt et s'enfuit dans sa maison à la recherche d'un autre liquide, l'air égaré, un pauvre sourire sur les lèvres, comme s'il avait pitié de lui-même. Adrien le poursuivit, et eut à peine le temps de coincer la porte de la salle de bains avec son pied, avant de le saisir à bras-le-corps pour le tirer à l'extérieur.

Cette fois, l'homme ne se débattit pas, mais il ne renonça pas pour autant, dès que l'attention d'Adrien se relâcha. Il tenta alors de s'enfuir de la maison, sans doute pour gagner le jardin où se trouvait un tuyau d'arrosage, et Adrien dut de nouveau le maîtriser, se demandant s'il y parviendrait jusqu'à ce que l'ambulance arrive.

Ce ne fut pas facile. Le plus inquiétant était le silence de l'homme, qui avait le regard fixe, avec toujours le même sourire aux lèvres, comme un aliéné perdu dans un monde incompréhensible. Adrien parvint tant bien que mal à le contenir en le gardant assis face à lui, en lui tenant les bras et en lui parlant pour le rassurer.

— N'ayez pas peur. On va vous conduire à l'hôpital, vous vous sentirez mieux.

Et, comme le malade ne réagissait pas :

— Vous vous souvenez ? Vous êtes déjà allé à l'hôpital. On va vous soigner. Tout ira bien.

Sa femme s'était aussi assise en face de lui, tentait de retenir son attention :

— Tu reviendras après. C'est juste une question de jours. Ne t'inquiète pas.

L'arrivée de l'ambulance fut un réel soulagement pour elle comme pour Adrien. Le malade haletait et respirait de plus en plus difficilement. Il accompagna le pauvre homme jusqu'à la voiture, transmit le bilan à l'infirmier, qui connaissait ce malade pour l'avoir déjà secouru.

Après quoi il rentra dans la maison pour réconforter l'épouse qui pleurait.

— Ne vous en faites pas, il va revenir.

Tout à son chagrin, elle l'entendait à peine.

— Je n'en peux plus, répétait-elle, je n'en peux plus !

Et, se redressant soudain avec hostilité :

— Mais pourquoi ne trouve-t-on rien pour le guérir ?

Adrien savait que l'origine de cette maladie était essentiellement psychologique : des angoisses persistantes qui le poussaient à se remplir, mais il n'eut pas le cœur de l'avouer à la pauvre femme.

— On finira bien par trouver. Ne vous inquiétez pas.

— Oui, mais il sera trop tard.

— Mais non, il n'est jamais trop tard.

Il lui administra un tranquillisant et il s'en alla, avec, comme souvent, la sensation d'une impuissance qui le révoltait autant que ceux qu'il ne pouvait secourir.

6

En février, il neigea beaucoup et la température chuta jusqu'à moins dix degrés. La campagne était comme paralysée, la vie se terrait en attendant des jours meilleurs, et les malades ne se déplaçaient guère. Adrien multipliait les visites à domicile, car la grippe sévissait toujours, mais aussi les défaillances cardiaques provoquées par le froid.

Un matin, malgré les quatre roues motrices du Toyota, il dérapa sur la neige gelée et il se retrouva dans un fossé profond d'une soixantaine de centimètres. Il essaya d'appeler le dépanneur, mais la communication ne passait pas. Il partit à pied, dans la neige, sous des sapins qui avaient protégé le sol et où elle paraissait moins épaisse. Il avançait en s'enfonçant à mi-mollet et en se demandant s'il n'aurait pas mieux fait de rester sur la route, mais il lui avait semblé reconnaître les lieux où, pensait-il, devait se trouver une ferme, à quelques centaines de mètres de là.

Il n'était pas inquiet, mais heureux, au contraire, de pénétrer dans ce domaine si blanc où le vert des arbres n'apparaissait plus, ou à peine. «Je suis perdu», se disait-il, en essayant de s'effrayer, mais sans y parvenir. «Peut-être pas perdu, mais seul au monde dans une immensité désertée par les hommes définitivement», et cette idée-là le régénérait, l'emplissait d'un bien-être qui le renvoyait précieusement, comme chaque fois en présence de la neige, à son enfance lointaine.

Cependant, après cent mètres, il se sentit essoufflé et il se demanda s'il n'avait pas été imprudent. N'avait-il pas confondu deux lieux, dans cette immensité qui noyait les repères ? Il continua péniblement, finit par apercevoir une fumée, et se dirigea droit vers elle.

Il frappa à la porte, et les habitants mirent un long moment avant de réagir. Quand elle s'ouvrit, il reconnut un couple de paysans chez lesquels il s'était arrêté une fois en visite pour soigner la femme, qui souffrait d'artérite. Il expliqua en quelques mots la raison de sa venue, et l'homme, âgé d'une soixantaine d'années, accepta aussitôt d'essayer de dégager sa voiture avec son tracteur. Mais avant, Adrien dut s'asseoir et, malgré sa prévention vis-à-vis de l'alcool, accepter un café agrémenté de quelques gouttes d'eau-de-vie, qui le réchauffa agréablement.

— On voulait vous téléphoner pour mon mari, lui dit la femme, petite, vêtue de noir, les épaules couvertes d'une pèlerine de l'ancien temps ; mais on n'a pas osé vous déranger. Vous pensez, avec ce temps !

Malgré les visites qui l'attendaient et le retard qui s'accumulait, il ne put faire autrement que de se pencher sur le cas de l'homme, qui avoua avoir un voile devant l'œil droit depuis quelque temps.

— Depuis combien de temps ? demanda Adrien.
— Un mois ou deux.
— Et vous n'êtes pas allé consulter un ophtalmologiste ?
— J'ai pris rendez-vous, mais je n'ai pas pu en avoir avant un an.
— Il fallait insister, expliquer de quoi il s'agit.
— Oui, admit le paysan, d'une voix fataliste. J'aurais peut-être dû, parce que aujourd'hui, je n'y vois plus du tout de cet œil.

Il ajouta, sans véritable inquiétude :
— Je m'y suis habitué.
— Bon ! Attendez ! fit Adrien. Je vais téléphoner à un ophtalmologiste pour obtenir un rendez-vous d'urgence.

Le couple disposait d'un téléphone fixe, ce qui facilita la communication avec le cabinet d'ophtalmologie auquel Adrien décrivit les symptômes du paysan, mais en prenant soin de ne pas effrayer l'homme et sa femme qui écoutaient. Il obtint un rendez-vous pour la semaine suivante, ce qui provoqua les remerciements du couple, en admiration devant son pouvoir de persuasion.

— Vous devez être pressé, fit le paysan dès qu'il eut vidé son verre. Je vais sortir mon tracteur.
— Ce n'est pas prudent, déclara Adrien qui suspectait une tumeur au cerveau, ou une dégénérescence maculaire.
— Ne vous inquiétez pas, dit le paysan, je m'y suis habitué.

Et, s'étant vêtu d'une vieille canadienne, il sortit,

alors qu'Adrien s'adressait à la femme, muette, mais apparemment pas très inquiète :

— Je repasserai dès que je le pourrai.

— Je vous remercie, mais avec ce temps, vous savez…

Le paysan eut quelque difficulté à mettre en route un antique tracteur rouge qui exhala une épaisse fumée, puis il invita Adrien à monter à ses côtés et à appuyer le dos contre le pare-chocs de la roue droite, comme il l'avait vu faire à des femmes ou des enfants, dans le temps, sur les chemins des champs. Le tracteur progressa sans difficulté sur la neige grâce à ses pneus épais et à son poids, ce qui provoqua le rire satisfait de son conducteur qui déclara :

— Avec un œil, on se débrouille.

Face à l'endurance et à la dureté de ces hommes et de ces femmes qu'il avait choisi de soigner, Adrien était toujours étonné. Une fois de plus il constatait à quel point ils étaient capables de résister au mal, de ne jamais se plaindre, de faire preuve d'un courage qui, pour eux, allait de soi. Il se sentait touché par cette manière d'appréhender la vie, dont un certain fatalisme n'était pas absent. Une sorte de consentement animal, ou enfantin, qui acceptait simplement ce qui ne pouvait se comprendre.

Arrivés à la route et la corde fixée entre les deux véhicules, il ne fut pas difficile de sortir le Toyota du fossé, car le paysan avait l'habitude d'affronter ce genre de difficulté. Souvent seul pour travailler, il savait faire face à toutes les situations.

Quand ce fut fait, Adrien le remercia, promit de repasser dès qu'il le pourrait, puis il repartit, d'abord lentement, et bientôt plus vite, une fois sur le plateau, où la route était plate et droite, bien délimitée par deux talus très apparents. De là-haut, il put établir la communication avec Mme Viguerie et la prévenir de son retard.

— Il faudrait passer rapidement chez M. et Mme Beaubois, vous savez ? Le frère et la sœur qui ne peuvent pas se quitter.

— C'est pour elle ou pour lui ?

— Elle a eu un malaise, et elle ne se sent vraiment pas bien.

— J'y serai dans une heure.

Il se remit en route, effectua deux visites nécessitées par la grippe, puis il retourna pour revenir vers Châteleix et arriva chez le frère et la sœur dont il s'était occupé à l'automne. Il eut beau cogner à la porte, personne ne répondit. Il appuya sur la poignée qui céda aussitôt, et il entra dans le couloir qu'il connaissait bien. Il appela encore, mais en vain. Un peu de lumière filtrait sous la porte de la chambre de droite : celle de la vieille dame. Il frappa deux coups légers, et, comme nul ne se manifestait, il l'ouvrit.

Il aperçut alors le vieil homme assis et prostré devant le lit où était couchée sa sœur. Elle avait les yeux ouverts, mais devant son visage figé et son immobilité, il comprit qu'elle était morte. Il posa sa main sur l'épaule du vieil homme, qui tressaillit et tourna vers lui un visage hagard, avec l'impression qu'il ne le reconnaissait pas.

— C'est moi, dit Adrien. Votre médecin.

L'homme hocha la tête mais ne prononça pas un mot. Adrien s'approcha du lit, vérifia ce qu'il avait deviné en entrant : elle ne respirait plus, son cœur avait cessé de battre.

— C'est fini, dit-il en reposant sa main sur l'épaule du frère.

— C'est fini ? répéta ce dernier en fronçant les sourcils, comme s'il ne comprenait pas vraiment ce qu'il entendait.

— Oui.

Puis Adrien demanda :

— Qu'est-ce qui s'est passé ?

— Hein ?

— Qu'est-ce qui s'est passé ?

Le frère réfléchit un moment, puis il murmura :

— Elle s'est sentie mal après le petit déjeuner, et elle est venue s'allonger.

— Elle a dit quelque chose ?

— Non.

— Elle souffrait ?

— Non ! Elle ne se sentait pas bien, c'est tout.

Adrien demeura pensif, avec une désagréable sensation dans la tête : s'il était venu plus tôt, n'aurait-il pas pu la sauver ? Il se souvint alors du fossé où avait glissé sa voiture, de sa longue marche vers la ferme, et du retard accumulé. Comment faire face à tous les imprévus ? Cela lui parut impossible, et une nouvelle fois il se sentit accablé d'un poids écrasant sur ses épaules, qui l'incita à téléphoner à Mylène, afin qu'elle vienne s'occuper du vieil homme, car il ne pouvait pas rester seul.

Il signa le certificat de décès et demeura auprès du frère encore un quart d'heure en essayant de le réconforter. Il paraissait toujours ne pas entendre ce qu'on lui disait, mais Adrien parvint néanmoins à l'emmener dans le salon et à le faire asseoir. Il lui donna un sédatif, puis Mylène arriva enfin en disant :

— J'ai téléphoné à l'assistante sociale. Elle s'occupera de tout.

Et, quand Adrien l'eut remerciée, elle ajouta :

— Tu peux partir. Je l'attends.

Il l'embrassa, s'en alla sans un mot, remontant dans sa voiture en essayant de ne pas penser à ce qui s'était passé, mais à ce qui l'attendait lors de sa prochaine visite.

Le mauvais temps dura une longue semaine, bloquant les routes où la neige avait gelé. Ainsi, un matin, Adrien fut appelé de toute urgence au domicile d'une femme qui allait accoucher, mais dont la voiture ne parvenait pas à se hisser au sommet du chemin qui accédait à la départementale. Son mari se trouvait près d'elle, mais il avait renoncé à utiliser son véhicule, qui à plusieurs reprises était parti en marche arrière en menaçant de glisser jusqu'à la maison.

— Garez-vous en haut, sur la route, avait indiqué Mme Viguerie à Adrien, et descendez à pied. C'est une recommandation du mari. La maison est située en bas du chemin, à cent mètres.

— Et le Samu ?

— Avec l'état des routes, ils ne pourront pas y être avant une heure.

Il ne se trouvait pas très loin du hameau. Il ne lui fallut donc qu'un quart d'heure pour arriver sur les lieux et découvrir une parturiente dont la dilatation était déjà bien avancée. Il avait assisté à deux ou trois reprises à des accouchements au temps où il était interne, et il en avait gardé quelques souvenirs qui, cependant, ne le rassuraient pas du tout, ce matin-là, près de la jeune femme, brune, plutôt forte, pour qui, heureusement, ce n'était pas le premier enfant, mais le deuxième. Son mari, sec, nerveux, paraissait si affolé qu'Adrien l'expédia dans la cuisine chercher de l'eau chaude et des linges propres. La femme avait suivi des cours d'accouchement sans douleur, et elle soufflait longuement, comme on le lui avait appris, et poussait en surélevant légèrement les reins quand survenait la contraction.

Et pourtant, pendant les minutes qui suivirent, la situation n'évolua pas, malgré les efforts de la mère, qui ne manquait pas d'énergie. Adrien fit appel à toutes ses connaissances en obstétrique, mais c'était loin, tout ça, et il ne pouvait qu'encourager la mère qui commençait à se fatiguer. Il avait appris comment agir en théorie, mais il ne l'avait jamais expérimenté dans l'urgence, et il dut se contraindre pour ne pas trahir l'appréhension qui le gagnait. Il l'aida seulement à compter les secondes entre les contractions, et à pousser régulièrement, comme on le lui avait enseigné aux cours d'accouchement sans douleur.

Heureusement, très vite, la tête de l'enfant apparut, et Adrien parvint à le tirer doucement vers lui, tandis que la mère se tendait dans un ultime effort pour expulser le bébé qui, aussitôt, poussa un cri.

Adrien coupa le cordon ombilical, s'occupa du placenta, pansa le nouveau-né, appela Mylène qui ne se trouvait pas loin du hameau et promit de venir le plus vite possible. Le mari réapparut alors, demandant si c'était une fille ou un garçon, comme s'il était plus préoccupé par le sexe de l'enfant que par sa santé ou celle de la mère.

— Une fille ! répondit Adrien, agacé.

L'homme embrassa sa femme, en s'extasiant :

— Tu te rends compte ! On avait un garçon, et maintenant une fille !

— Oui, fit-elle d'une faible voix. Tu es content ?

Le père avait des larmes dans les yeux.

— J'ai eu si peur, bredouilla-t-il.

Décidément ! Ce type ne pensait qu'à lui. Adrien le bouscula et l'envoya chercher des serviettes, tandis qu'il commençait à faire la toilette de la mère après avoir vérifié qu'il ne restait pas de placenta dans l'utérus.

Mylène arriva rapidement, ce qui soulagea Adrien : maintenant, toute la tension accumulée refluait, ne laissant en lui que l'immense satisfaction d'avoir été capable de faire naître un enfant.

— Félicitations à la sage-femme ! s'exclama Mylène.

Il comprit qu'elle était aussi émue que lui par cette naissance, se réjouissant de voir l'enfant couché sur sa mère qui le caressait en pleurant de joie. Mais il ne put s'attarder, alors qu'il l'aurait bien voulu, car son téléphone sonna et Mme Viguerie lui indiqua une nouvelle visite urgente.

— C'est bien beau de donner le jour à un enfant, lui dit Mylène en riant, encore faut-il savoir les faire !

Il ne sut pas vraiment si cette affirmation suggérait quelque chose, ou s'il s'agissait d'une simple plaisanterie, mais il partit heureux, fier de lui sans oser se l'avouer, convaincu que son métier pouvait aussi lui accorder ce genre de satisfaction : aider la vie à éclore, et pas seulement venir en aide à ceux qui affrontaient la mort.

Quarante-huit heures plus tard, pourtant, en passant chez M. Beaubois pour voir s'il avait surmonté le décès de sa sœur, Adrien le trouva sans vie sur son canapé : il n'avait pas survécu à celle qui ne l'avait jamais quitté et dont il avait partagé l'existence. Deux jours avant : une naissance ; deux jours après : un décès brutal. La vie, la mort. La mort, la vie. Ce serait son lot quotidien, désormais, Adrien le savait : il ne pouvait en être autrement. Des enfants venaient au monde, des vieillards mouraient. C'était la loi. Mais il était bien difficile de s'y habituer.

Il ressentit pourtant de la disparition de cet homme une sorte de soulagement, car le sort du vieillard n'avait cessé de le préoccuper. Il ne s'était pas suicidé : il avait cessé de vivre, tout simplement, ne supportant pas la solitude à laquelle le condamnait le décès de sa sœur.

Le soir, quand Mylène vint dormir à Saint-Victor, ils en parlèrent un long moment, tant ils étaient touchés par cet attachement viscéral, ce lien si fort rompu si brutalement, une blessure à laquelle le vieil homme n'avait pu se résigner.

Mylène venait à présent de plus en plus souvent dormir avec Adrien.

— Je sais qu'il m'a déjà trouvé une remplaçante, lui avait-elle dit à propos de son mari. Je ne risque plus grand-chose.

— Et pourquoi ne pas t'installer ici définitivement ?

— Je réfléchis, monsieur, répondit-elle. Je réfléchis.

Elle ajouta, souriante :

— Je me méfie des médecins.

Il n'insista pas, car au fond de lui il savait qu'elle le rejoindrait un jour : il suffisait de lui faire confiance.

Ils parlèrent alors de Marion : à force de la trouver chaque soir, ou presque, dans la salle d'attente, ils l'avaient prise en affection. C'était une adolescente courageuse et combative, pas du tout résignée à son sort, à la fois pleine d'humour et de gravité. Une certaine familiarité s'était installée entre eux, au point que Marion les tutoyait, comme s'ils étaient des copains de son âge. Et ni Mylène ni Adrien n'avaient songé à s'en offusquer. La jeune fille s'était aperçue du lien qui les unissait et leur lançait, agitant un index menaçant :

— Pas de bêtises, hein ! Vous n'avez pas encore l'âge de faire des petits !

Quand Mme Viguerie leur apprit que la mère de la jeune fille allait pouvoir regagner son domicile, et donc la reprendre avec elle, Adrien téléphona à l'hôpital où l'on soignait sa dépression, et le psy de service lui confirma qu'elle allait rentrer chez elle. Sans oser se l'avouer, ils furent déçus à l'idée de ne plus voir Marion aussi souvent.

— Je vous surveillerai à distance, leur lança la jeune fille, et gare à vous si je vous surprends avec un joint !

Elle reprit en soupirant :

— Ah, ces gosses ! On ne peut pas les quitter des yeux !

Trois jours plus tard, elle retrouva sa maison, sa mère en voie de guérison, tandis qu'elle-même était en rémission après une chimiothérapie qu'elle avait bien supportée. Adrien l'avait suivie de près en téléphonant régulièrement à l'hématologue qui la traitait, mais sans jamais le lui dire. En réalité, la jeune fille souffrait d'une maladie de Hodgkin : un lymphome malin qui touche le plus souvent des jeunes adultes, et Adrien savait qu'on en guérissait à 90 %, après radiothérapie ou chimiothérapie. Même dans les formes les plus sévères, on obtenait des guérisons. Il était donc confiant pour la jeune fille, ne s'inquiétait pas pour elle outre mesure, d'autant que son tempérament gai et son optimisme jouaient en sa faveur.

— La chimio, c'est trop pas ! avait-elle coutume de dire à son retour de l'hôpital, et Adrien ne savait s'il fallait deviner dans ce langage de la crainte, du mépris, du défi, ou de la colère contre le sort qui la frappait.

— C'est trop pas ? l'interrogeait-il.

— Ça craint, quoi !

— T'en fais pas mon bébé, tu auras ton biberon ce soir, lui disait-il.

— Lol ! concluait-elle en haussant les épaules.

Il prit l'habitude de s'arrêter chez elle le soir en quittant le cabinet, car la mère et sa fille habitaient entre Châteleix et Saint-Victor. Il s'inquiétait davantage pour la mère que pour sa fille et se demandait si l'hôpital ne l'avait pas libérée trop tôt. Peut-être que le psy avait jugé que la présence de sa fille aiderait la mère, mais c'était périlleux. Heureusement, Mme Viguerie, elle aussi, veillait, persuadée, depuis qu'elle avait accueilli la jeune fille chez elle, d'avoir endossé une responsabilité que personne d'autre ne pouvait assumer.

Adrien avait d'autres soucis que celui-là, car le vent d'ouest avait amené un peu de douceur et la pluie avait fait son apparition, faisant fondre la neige et ressurgir le vert des prés. L'humidité et le froid provoquèrent alors une épidémie de bronchiolite, et au souvenir de l'enfant qui avait failli mourir peu après son arrivée à Châteleix, c'est ce qu'Adrien redoutait le plus. Il dut faire face à un cas difficile qu'il traita avec l'aide du kiné du cabinet médical, ce qui lui permit de franchir l'obstacle sans complications.

Il s'en félicitait encore quand il fut soumis à une nouvelle épreuve, un matin, en repassant au cabinet, prévenu par Mme Viguerie d'un coup de fil arrivé de l'hôpital au sujet du paysan qui avait perdu la vue à un œil. L'ophtalmologiste avait préconisé pour lui une IRM du cerveau, laquelle avait fait apparaître une tumeur, comme Adrien le redoutait. Après une biopsie cérébrale effectuée au CHU, le paysan en avait été informé par le neurochirurgien, qui hésitait à opérer. La question serait tranchée lors de la réunion de concertation hebdomadaire de cancérologie au CHU. En attendant, le paysan avait regagné son foyer, et il serait prévenu dès que possible sur le sort que la médecine lui réservait.

Adrien imagina le couple isolé dans sa ferme, les

questions qu'ils devaient se poser ; la peur, sans doute, qui les étreignait l'un et l'autre, et il décida d'y aller. Les laisser seuls aurait été trahir l'idée qu'il se faisait de son métier. S'il ne pouvait pas soigner, au moins il aidait et accompagnait les malades dans l'épreuve. C'était la moindre des choses, il en était convaincu. Aussi s'y rendit-il aussitôt, retrouvant la route sans neige, à présent, et l'endroit exact où sa voiture avait glissé dans le fossé. Il continua, tourna à droite pour prendre le chemin qui menait à la ferme, s'arrêta devant la façade de pierres grises, coupa le contact et marcha vers la porte.

Elle s'ouvrit avant qu'il ne l'atteigne, tirée par l'épouse du paysan qui sortait chercher du bois et parut surprise de le trouver là, alors qu'ils ne l'avaient pas appelé. Elle le salua d'un signe de tête, l'invita à entrer sans un mot. L'homme était assis devant la cheminée, sur un fauteuil de cuir épais, mais rongé par le temps. Lui aussi eut un mouvement de surprise, et il esquissa le geste de se lever.

— Restez assis, monsieur Dousset. Restez assis, je vous en prie.

Adrien s'approcha, lui serra la main, puis s'assit à son tour sur une chaise qu'il tira de sous la table. La femme, elle, prit place sur le deuxième fauteuil, face à son mari.

— Je suis passé, dit Adrien, parce que j'ai eu le rapport de l'hôpital.

Le paysan hocha la tête, mais ne répondit pas.

— Vous avez été mis au courant, n'est-ce pas ?

— Oui.

L'homme poursuivit, avec une résignation qui meurtrit Adrien autant qu'elle l'ébranla :

— Qu'est-ce que vous voulez faire ? C'est comme ça.

Sa femme essuya une larme et se tint réfugiée dans un mutisme non pas hostile, mais trop douloureux pour être exprimé.

— Ils vont sûrement entreprendre une chimiothérapie, reprit Adrien. Ce ne sera peut-être pas nécessaire d'opérer.

Il n'en savait rien, et cependant il avait besoin d'essayer de réconforter l'homme et la femme qui se trouvaient devant lui. Le paysan eut un geste fataliste des bras, qui retombèrent lourdement sur ses genoux. Le regard qu'il lança alors à Adrien lui rappela celui que lui avait lancé son chien, quand il était enfant, avant la piqûre du vétérinaire qui allait mettre fin à sa vie. Celui d'une immense détresse et aussi d'une grande reconnaissance pour ces instants partagés.

— C'est bien aimable à vous d'être venu, dit le paysan.

— Vous prendrez bien quelque chose ? proposa sa femme en se levant.

— Non ! Merci ! Ne vous dérangez pas, je suis pressé.

Et Adrien ajouta aussitôt, comme s'il avait craint que ses hôtes ne soupçonnent chez lui une fuite :

— J'ai une minute, tout de même.

— Alors, une tasse de café ?

— Si vous voulez.

La paysanne se dirigea vers sa cuisinière, et Adrien se retrouva seul face au mari, qui baissa les yeux.

— La médecine a fait de gros progrès, reprit-il. Il faut avoir confiance.

Et il se tut, comprenant au regard qui venait de se relever sur lui que c'était inutile. L'homme savait ce qui l'attendait. Pas une plainte ne sortit de sa bouche. Au contraire, il murmura :

— On verra bien. Faut pas vous en faire, docteur.

Et il reprit, un ton plus bas :

— J'endurerai ce qu'il faudra.

Ils demeurèrent un moment silencieux, le temps que sa femme apporte les tasses de café, et Adrien fut soulagé, après avoir sucré, de tourner la petite cuillère, pour ne plus avoir à affronter le regard du paysan. Celui-ci paraissait également absorbé par son café qui fumait, et il se mit à boire à petites gorgées, tandis que sa femme retournait vers sa cuisinière, sans doute, songea Adrien, pour cacher ses larmes. De fait, elle eut comme un sanglot étouffé, qui fit se redresser brusquement le paysan.

— Allons, Germaine ! dit-il. On s'en sortira, va !

— Mais oui ! fit Adrien. On guérit de tout aujourd'hui.

Et il ajouta, pour cacher le mal qu'il avait eu à prononcer ces mots dérisoires, et qu'il savait faux :

— Je vais vous prescrire un sédatif, pour mieux dormir, si vous voulez.

— C'est pas la peine, répondit le paysan. J'ai jamais beaucoup dormi.

— Et vous ? demanda Adrien en se tournant vers sa femme.

— Moi, de toute façon, je ne dormirai plus.

— Et pourquoi dis-tu ça ? s'indigna son mari. Il faut dormir, tout de même !

Elle ne répondit pas. Adrien, maintenant, cherchait le moyen de partir sans donner l'impression de les abandonner, mais il n'eut pas à s'excuser, car le paysan dit de lui-même :

— Vous devez avoir du travail. Ne vous retardez pas, allez ! On n'est pas les seuls à avoir de la misère.

Comment partir, après avoir entendu des mots pareils, qui exprimaient un tel souci des autres, alors que cet homme aurait pu ne penser qu'à lui, aux jours noirs qui l'attendaient, à la douleur future, à sa vie en danger ? Adrien retrouvait là, tout à coup, l'expression d'une solidarité qui se traduisait jadis dans les travaux des champs partagés, quand le temps pressait, tels qu'il les avait connus enfant. Une solidarité qui se manifestait aussi en cas de maladie ou de décès subit.

Il se leva, tendit la main au paysan qui la prit en souriant et en disant :

— J'ai la peau dure. Vous en faites pas pour moi.

— Je ne m'en fais pas, monsieur Dousset. Je sais que vous êtes solide.

Et, à l'instant de franchir la porte après avoir salué l'épouse qui s'était aussitôt retournée vers sa cuisinière :

— Je repasserai dès que je le pourrai.

— Merci ! C'est gentil !

Il se retrouva dehors, s'efforçant de respirer profondément pour calmer son cœur qui s'était mis à cogner dans sa poitrine, et s'en voulant, une nouvelle fois, d'une sensibilité qu'il savait excessive, et qu'il avait pourtant cru avoir surmontée.

Une heure plus tard, en visite chez la femme qu'il avait aidée à accoucher, Adrien fut surpris de trouver auprès d'elle son mari qui ne ressemblait plus du tout à l'homme incapable d'agir lors de la naissance de sa fille. Tous deux étaient souriants, l'enfant se portait bien, la mère aussi, et ils s'excusèrent d'avoir sollicité une visite à domicile, mais ils avaient quelque chose à lui demander.

— On ose à peine, déclara la jeune mère, mais c'est mon mari qui a insisté.

— Je vous écoute, fit Adrien, intrigué.

— Eh bien, voilà ! reprit la jeune femme. Si vous n'aviez pas été là, on est sûrs que ça se serait mal passé. C'est grâce à vous que nous avons une fille aujourd'hui, et aussi grâce à vous que je suis vivante.

— Vous auriez accouché toute seule, répondit Adrien en souriant.

Et il ajouta, s'adressant à l'homme qui demeurait muet :

— Votre mari aurait fini par vous aider, j'en suis certain.

— Je ne sais pas, reprit la jeune femme. En tout cas, tout s'est bien terminé.

Adrien se souvint du début de panique qui l'avait saisi, mais qu'il avait heureusement réussi à maîtriser. Il ne le précisa pas à ses hôtes, demanda simplement :

— Alors, qu'est-ce qui vous chagrine ? Vous avez un problème ?

— Non ! Tout va bien.

Elle se tourna vers son mari, comme pour l'appeler à l'aide, mais il se contenta de lui prendre les mains.

— Oui, tout va bien, répéta-t-elle.

Elle hésita encore une seconde, se lança enfin :

— On voulait vous proposer d'être le parrain de notre fille Clémence.

Il fut si surpris qu'il demeura sans voix.

— C'est peut-être trop exiger de notre part, mais ça nous ferait tellement plaisir. N'est-ce pas, Jacques ?

— Oui. Infiniment plaisir.

— Vous savez, fit Adrien, je n'ai rien fait d'extraordinaire. C'est mon métier que d'aider les gens.

Il y eut un long silence que rompit le nommé Jacques en demandant :

— Alors vous ne voulez pas ?

— Non, je n'ai pas dit ça, mais je ne sais pas si j'ai le droit d'accepter.

— C'est nous qui vous le demandons.

— Vous n'avez pas de frères et sœurs ? En général, c'est plutôt de cette manière que l'on choisit des parrains et des marraines.

— Si ! dit la jeune femme. Nous avons de la parenté, mais on a pensé à vous avant les autres. Ça nous a paru naturel.

— Écoutez, fit Adrien, je suis très touché, mais je suis aussi très occupé, et je ne sais pas si je pourrai être présent le jour du baptême.

— On tiendra compte de votre emploi du temps. On a tout envisagé, vous savez !

Il se sentit pris au piège. Comment refuser sans vexer ce couple si touchant ? Il n'en eut pas la force et capitula :

— Eh bien, c'est d'accord ! Puisque vous semblez y tenir tellement.

— Merci ! Merci ! fit la jeune femme en l'embrassant, tandis que son mari serrait les mains d'Adrien, comme s'il venait de leur sauver la vie.

Il dut répondre à leur reconnaissance un long moment avant de pouvoir partir, tout en se demandant s'il avait bien le droit d'accepter une pareille requête. Et puis il se dit qu'il ne devait pas s'embarrasser de ce genre de scrupules, qu'il s'agissait seulement d'une parenthèse heureuse à savourer. Il fallait accepter le meilleur quand il survenait. Ce n'était pas si fréquent lors des visites journalières. Il s'en félicita d'ailleurs avec Mylène dès midi. Elle lui assura qu'il avait eu raison d'accepter. Il fallait profiter des guérisons, des moments heureux, sans hésitation. Quand une porte s'ouvrait, on ne savait jamais ce qu'on trouverait derrière. Si c'était le bonheur plutôt que le malheur, il fallait s'en réjouir et y participer du mieux qu'on le pouvait, sans arrière-pensées.

Il vérifia une nouvelle fois le lendemain matin combien sa vie soufflait le chaud et le froid, quand il fut appelé, dès huit heures, par un couple du village, et rencontra une situation à laquelle il n'avait jamais fait face : des parents dévastés par une tentative de suicide de leur garçon de douze ans. Inquiète de ne pas le voir descendre déjeuner, la mère était montée dans la chambre de son fils et l'avait trouvé à moitié asphyxié, le visage enfoui dans une poche en matière plastique, qu'elle avait eu le réflexe, heureusement, d'arracher aussitôt.

Le garçon était hors de danger, à présent, et il était assis entre son père et sa mère en larmes, qui le tenaient par les bras, de chaque côté, comme s'ils craignaient de le voir récidiver. Le père paraissait calme, mais il tremblait. La mère essuyait ses yeux en gémissant et en posant toujours la même question : « Pourquoi ? Pourquoi as-tu fait ça ? » Le garçon ne répondait pas, demeurait figé, le regard obstinément dirigé devant lui, avec une froideur extrême, comme s'il ne l'entendait pas.

— Il ne veut rien dire, fit constater le père à Adrien. C'est terrible. Qu'est-ce qu'il faut faire ?

— Est-ce que vous acceptez de me laisser seul avec lui quelques instants ? demanda Adrien.

Les parents parurent soulagés par cette proposition qui les éloignait un moment du drame insupportable qu'ils vivaient. Adrien se retrouva face au garçon qui ne présentait aucune séquelle de ce qu'il avait projeté. Sa tension était bonne : 12/6 ; son teint avait repris des couleurs, il respirait normalement.

— Comment t'appelles-tu ?

Pas de réponse.

— Je suis lié par le secret professionnel. Tu peux me parler.

Toujours pas de réponse. Il observa le garçon qui était maigre, avait le visage ingrat, des boutons d'acné, et demeurait impassible, buté, l'air absent.

— Il faut que tu me parles, reprit Adrien, sans quoi je serai obligé de t'envoyer à l'hôpital.

— Je n'irai pas à l'hôpital.

Enfin une réponse. La voix était haut perchée, traduisant l'enfance encore présente, mais proche d'une adolescence que, peut-être, il refusait.

— Si tu ne me parles pas, je ne pourrai pas faire autrement : c'est la loi.

Et il reprit, afin de bien se faire comprendre :

— Pour moi, tu es en danger, et je dois t'aider.

— Je ne veux pas que l'on m'aide. Je veux mourir.

Que faire ? Adrien demeura un long moment silencieux, réfléchissant à une solution possible, mais il se sentit impuissant.

— Est-ce que tu as mal quelque part ? demanda-t-il pour gagner du temps mais en sachant que le problème n'était pas là.

— Non.

— Est-ce que quelqu'un t'a agressé ?

— Non.

— Tu es en quelle classe ?

— Quatrième.

— À douze ans ?

— J'ai un an d'avance.

— C'est formidable, ça !

Le garçon tourna la tête vers lui et haussa les épaules. Peut-être fallait-il lui faire mesurer à quel point il faisait souffrir ses parents ? Non ! Surtout pas. Le culpabiliser risquait de l'ébranler davantage.

— Tu as des problèmes avec un professeur ?

Nouveau haussement d'épaules.

— Avec des camarades ?

Toujours pas de réponse.

— C'est au collège ou chez toi que quelque chose ne va pas ?

— C'est partout.

— Explique-moi ! Je peux comprendre. Moi aussi j'ai eu douze ans.

Le garçon se tourna de l'autre côté, haussa de nouveau les épaules. Les parents réapparurent, inquiets, et Adrien leur fit signe de ne pas approcher. Il fallait à tout prix nouer le contact avec le garçon, mais comment faire ? L'idée lui vint d'appeler Mylène, qui, peut-être, saurait trouver les mots mieux que lui. En l'attendant, il fit entrer la mère et s'isola dans la cuisine avec le père, qui tremblait toujours, mais qui, manifestement, prenait sur lui et semblait capable de répondre aux questions avec un peu plus d'objectivité qu'elle.

— Avez-vous une idée de la raison de ce...
Adrien buta sur les mots, reprit :
— De cet accident ?
— Non. Aucune.
— Vous avez un seul enfant ?
— Oui.
— Il ne s'est plaint de rien ?
— Non. Mais vous savez, je rentre rarement à midi, et toujours tard le soir. C'est surtout mon épouse qui s'occupe de lui.
— Il n'a pas été racketté, ou persécuté ?
— Non. Je ne pense pas.

Adrien renonça : il n'y avait rien à espérer de ce côté-là. Il fit venir la mère en laissant la surveillance du garçon à son père, mais elle était trop sous le coup de l'émotion, et malgré une conversation de dix minutes, elle ne lui fut d'aucun secours. Heureusement, Mylène ne tarda pas, et Adrien la laissa seule avec le garçon, le temps d'injecter des tranquillisants à la mère, tandis que le père, lui, s'y refusait.

Quand ce fut fait, il retourna dans le salon, où

Mylène lui confia qu'elle avait besoin de plus de temps. Il pouvait partir faire ses visites et repasser dans une heure.

— Je préférerais rester, dit-il.

— Comme tu veux, mais il est complètement bloqué, ce gosse, et je ne suis pas sûre d'y arriver.

— Envoyons-le à l'hôpital !

— Laisse-moi une heure, si tu veux bien. Il ne risque rien, là, je ne le quitterai pas.

Adrien partit, mais il revint au bout d'une demi-heure seulement, car il était trop inquiet pour s'occuper d'autres malades. Entre-temps, il avait téléphoné à un psychiatre qu'il connaissait bien, et qui avait accepté de recevoir le garçon et ses parents en fin de matinée. Un peu soulagé, il regagna leur domicile, où Mylène semblait tenir avec le garçon une vraie conversation. Moins de cinq minutes plus tard, elle entraîna Adrien à l'écart et lui révéla le drame que vivait le garçon : c'était un enfant adopté, et ses parents ne lui avaient jamais dit la vérité. Il l'avait appris la veille, dans la cour du collège, de la bouche d'un élève avec qui il avait eu une dispute. Il se sentait trahi, trompé, floué, perdu, et ne pouvait supporter cette nouvelle brutale à laquelle il n'avait jamais été préparé.

— Quelle bêtise ! s'insurgea Adrien. Tout le monde sait qu'il faut tout leur dire dès qu'ils sont en âge de comprendre.

— Eux ne l'ont pas fait, et ils le payent aujourd'hui.

— Mais lui, est-ce qu'il va s'en remettre ?

— Je ne sais pas.

Les parents, mis au courant par Adrien, étaient effondrés. Ils n'étaient pas en état de faire face à quoi que ce soit, si bien qu'Adrien décida de les conduire lui-même à Limoges, chez le psychiatre de sa connaissance. Il ne pouvait se résoudre à les laisser seuls en face de leur enfant pour une explication qui risquait d'être tragique. Il fit monter les parents dans sa voiture et Mylène prit le garçon avec elle dans la sienne. Une fois sur place, ils attendirent jusqu'à ce que le psy se charge d'eux, puis, au terme de cette matinée douloureuse, Adrien et Mylène rentrèrent déjeuner à Châteleix, mais n'eurent pas le cœur, ni l'un ni l'autre, de reparler de ce qui, au matin, les avait occupés au point de leur faire perdre la notion du temps : ce fut un coup de téléphone de Mme Viguerie qui les informa qu'il était deux heures et demie, et que la salle d'attente était pleine.

7

Le printemps se manifesta début avril sur les feuillus, en faisant éclore des îlots blancs au milieu du vert persistant des conifères. L'air se chargea d'effluves plus doux apportés par le vent d'ouest, balayant la froidure des jours qui avaient grandi d'un coup après le changement d'heure de la fin mars. Une lumière nouvelle accompagnait maintenant Adrien sur les routes débarrassées du gel de l'hiver, et la campagne se remettait à vivre lentement, comme un animal étonné de retrouver des températures clémentes après la neige et le gel.

Adrien partait plein d'une énergie toute neuve, comme si le printemps luttait avec lui contre la maladie, et, de fait, les grippes, les angines et les bronchiolites devenaient plus rares. Les dépressions aussi, que les jours trop courts de l'hiver favorisaient, et que le beau temps faisait fondre comme neige au soleil. C'était le cas de la mère de Marion, qui allait mieux, soutenue par sa fille en rémission, qui, elle, n'avait jamais lâché prise. Elle passait régulièrement au cabinet médical voir sa bienfaitrice, Mme Viguerie, mais surtout, sans oser l'avouer, Adrien et Mylène, qui s'étaient pris d'une véritable affection pour elle.

— Alors les croulants ? leur lançait-elle. Toujours pas d'héritier ? Mais qu'est-ce que vous glandez ?

Son sourire, son entrain, son amour de la vie dispersaient dans la salle d'attente des ondes si positives que les patients riaient volontiers en l'écoutant.

— Et le lycée ? interrogeait Adrien.

— Je note les profs. Sont tous nuls.

Elle repartait sans s'attarder, jetant avant de pousser la porte :

— Bon ! J'ai du taf ! À plus !

Mme Viguerie haussait les épaules d'un air excédé, Adrien regagnait son bureau avec un sourire que l'entrée d'un malade ne troublait même pas. Par ailleurs, son optimisme se fortifiait à l'idée que Mylène le rejoindrait à Saint-Victor après ses visites, car elle ne s'inquiétait plus de son mari, qui avait définitivement accepté un divorce aux torts réciproques, dont le jugement, avec un peu de chance, interviendrait avant l'été. Elle s'installait petit à petit, apportant seulement quelques-unes de ses affaires personnelles, ne se souciant même pas de récupérer quoi que ce soit d'important dans la maison qu'elle avait habitée avec son ex.

— Je lui laisse tout, disait-elle à Adrien. Je ne veux rien voir, à l'avenir, qui puisse me rappeler son existence.

Ils passaient les nuits dans les bras l'un de l'autre, évitant de parler des malades, bâtissant un refuge sûr dans la maisonnette qu'Adrien avait décidé de faire agrandir.

— Il y a bien assez de place ! disait Mylène.

— Tant que nous sommes deux, oui, mais plus tard ?

— Tu as l'intention de me faire vivre dans un ménage à trois ?

Il riait, n'insistait pas, car il songeait qu'elle redoutait peut-être de ne pas être une mère capable de donner du bonheur à sa propre fille ou à son propre fils – un bonheur semblable à celui qu'elle avait connu enfant. Mais déjà vivre ensemble leur apportait l'équilibre et la force que mettaient en péril leurs journées éprouvantes. Heureusement, les bonnes nouvelles succédaient aux mauvaises, et parfois ils pouvaient rire des bons mots des patients, de leurs drôleries, de leur comportement dans lesquels s'exprimait une approche de la vie souvent originale.

Ainsi, la poétesse, par exemple, revenue malgré son adieu déchirant du mois de février : elle avait feint de mourir dans le bureau d'Adrien, s'écroulant brusquement en poussant un cri. Il n'avait pas été dupe, mais il avait décroché son téléphone en demandant le Samu, ce qui avait suffi à réveiller l'artiste, qui s'était enfuie, non sans le menacer des conséquences ultimes de son indifférence :

— Vous êtes sans cœur et vous aurez ma mort sur la conscience ! avait-elle lancé avant de disparaître.

Mylène ne parvenait pas à la prendre au sérieux, mais Adrien n'arrivait pas à l'oublier complètement. Qui savait ce qui pouvait réellement advenir d'un esprit aussi fantasque ? Cette femme vivait ses passions avec une fantaisie proche de la folie ; la réalité du monde ne lui paraissait pas digne d'intérêt, mais seulement l'excès, le rêve, le fantasme. Souffrait-elle d'un traumatisme passé, d'une névrose ou d'une psychose ? Adrien ne le pensait pas vraiment, mais il la découvrait dans la salle d'attente avec maintenant plus d'inquiétude que d'espoir de distraction.

Daniel aussi était revenu, et il s'était montré plus optimiste sur son sort que les fois précédentes.

— C'est en bonne voie, docteur, avait-il confié.

— Vous lui avez donc parlé ?

— Je n'ai pas pu lui parler, mais je lui ai écrit.

— Elle vous a répondu ?

— Pas encore. Mais j'ai bon espoir.

Et il avait ajouté, de son air le plus candide :

— Quand je la croise le matin, elle me sourit.

— Oui ?

— Oui. Et je me dis qu'elle est peut-être plus timide que moi, qu'elle n'ose pas répondre.

— C'est possible.

— Mais cette attente m'angoisse, docteur. Vous ne pourriez pas me prescrire quelque chose pour l'atténuer ?

— Vous prenez assez de médicaments comme ça, croyez-moi.

— Bon ! Bon ! Mais promettez-moi de m'aider si elle me donne un rendez-vous.

— Je vous aiderai.

Il était parti, rassuré, non sans soupirer avant de se lever :

— Une femme admirable, vous savez ?

— Oui, vous me l'avez déjà dit.

— Merci, docteur, merci. J'ai confiance en vous.

— Ayez aussi confiance en vous, Daniel. Vous vous sentirez mieux.

Adrien l'appelait maintenant par son prénom : Daniel, car ce dernier le lui avait demandé. Mais ce lien nouveau noué entre eux lui donnait la sensation d'avoir endossé une responsabilité supplémentaire. N'allait-il pas trop loin avec ce patient ? Il aurait dû sans doute se rapprocher du psychiatre de l'hôpital Esquirol, mais il n'en avait pas trouvé le temps.

En revanche, il passait le plus souvent possible chez le paysan qui avait commencé une chimiothérapie, et qui la supportait assez bien. Adrien le trouvait assis sur un fauteuil en face de sa femme, et tous deux avaient repris espoir.

— De toute façon, j'arrivais à l'âge de la retraite, disait-il.

Et il ajoutait, souriant :

— Il était bien temps que je prenne des vacances.

Sa femme approuvait de la tête, mais Adrien ne savait si elle croyait vraiment à une guérison ou si elle jouait le jeu afin d'accompagner son mari dans le combat qu'il livrait. Adrien avait contacté le chirurgien, qui ne s'était pas prononcé sur la suite à donner.

— Je verrai après la chimio, avait-il dit. Je me demande si ça vaut le coup d'opérer.

Adrien savait surtout que le moral d'un individu jouait beaucoup dans la guérison, mais aussi que si c'était une condition nécessaire, elle n'était pas forcément suffisante.

— Soyez patient ! disait-il au paysan en le quittant. Vous avez une forte constitution. Tout ira bien, j'en suis sûr.

Il s'en voulait, une fois de plus, de ces petits mensonges, mais il constatait que chaque mot qu'il prononçait était pesé, analysé par le malade, et que, au bout du compte, même s'il ne les croyait pas tous, ils lui faisaient du bien. Il vérifiait une nouvelle fois qu'un homme en souffrance a toujours besoin d'entendre les propos qu'il espère. Ils l'apaisent, surtout la nuit, quand l'insomnie emplit l'ombre où gisent, seuls pour faire face à la peur et l'angoisse, ceux que la maladie a frappés. Adrien avait appris à prendre son temps pour écouter, réconforter, user des mots que l'on n'enseignait pas dans les facultés de médecine. Il savait désormais que l'attention portée à un homme et une femme qui souffrent les réconcilie avec cette part d'eux-mêmes qui les a trahis.

C'est de cette manière qu'il se comportait avec les parents du garçon qui avait voulu mourir. Il était en traitement à l'hôpital, mais il allait bientôt regagner son foyer, ce qui effrayait son père et sa mère, malgré leur douleur de le savoir séparé d'eux. Adrien s'efforçait de les rassurer, prenait régulièrement contact avec le psy qui s'en occupait, leur expliquait quel traumatisme avait été pour leur fils d'apprendre qu'il était un enfant adopté.

— Vous lui avez dit l'essentiel à l'hôpital, ajoutait-il. Il faut lui laisser un peu de temps pour qu'il accepte ce qu'il a appris.

— Et il ne recommencera plus ? demandait la mère d'une voix qui ne cessait de trembler.

— Il faudra répondre à toutes ses questions, ne rien lui cacher, afin qu'il reprenne confiance en vous.

— Tout ira bien, après ?

— On peut l'espérer.

C'était aussi cela, le métier, il le mesurait quotidiennement : trouver la bonne distance aux côtés des patients et faire front avec eux face au mal qui les ronge, à la terreur qui les étreint.

Chaque jour, pourtant, il en découvrait de nouveaux aspects, de nouvelles approches. Comme ce soir d'avril où, vers cinq heures, entra dans son bureau une femme d'une trentaine d'années qui portait un enfant dans ses bras. Elle était grande, brune, d'allure sportive, mais il devina une sorte de fragilité dans le regard d'un bleu très pâle, presque gris. Elle lui expliqua qu'elle avait deux garçons : l'aîné, Kévin, était âgé de cinq ans, et celui qu'elle portait, Lucas, en avait deux. Elle ne paraissait pas très inquiète, ou du moins le cachait bien, mais si elle consultait aujourd'hui, c'était parce que Lucas lui semblait avoir une mauvaise audition.

— Vous voulez dire qu'il n'entend pas ou qu'il entend mal ?

— Je crois qu'il n'entend pas.

Adrien observa l'enfant, qui ne le regardait pas et fixait la table basse, près du bureau, où se trouvait le stéthoscope. Il essaya d'attirer son attention, d'abord en lui parlant, puis en esquissant des mouvements avec ses mains, face à lui, mais cela ne provoqua aucune réaction. Il frappa ensuite son bureau avec un presse-papier, et l'enfant eut alors une réaction bizarre : il se mit à se balancer d'avant en arrière et ses yeux se révulsèrent un instant.

— Il entend, votre fils, dit-il à la mère.

— Oui, je le pense aussi, mais pourtant il ne se comporte pas comme son frère au même âge.

— Par exemple ? Dites-moi.

— Eh bien, quand je le prends dans mes bras, je le sens se raidir, comme si ce contact ne lui faisait pas plaisir.

Elle ajouta, après une hésitation :

— Et quelquefois, il a des gestes étranges.

— Quel genre de gestes ? Pouvez-vous m'expliquer ?

— Assis par terre, il répète toujours les mêmes. Il prend un objet, il le pose devant lui, puis il le reprend et le repose comme ça, sans cesse.

Elle imita le geste, se tut un instant, reprit :

— Parfois aussi, il tend deux doigts en fourche entre lui et moi, et fait un drôle de bruit avec la bouche.

Adrien avait compris : cet enfant était sans doute autiste. Il en avait rencontré durant son stage au service pédiatrie du CHU, et il était certain, cet après-midi-là, d'en avoir reconnu le comportement si inquiétant. Mais devant cette jeune femme désarmée et qui, il le comprenait, avait deviné de quoi souffrait son enfant, il ne put se résoudre à avouer son diagnostic. Elle était venue non pas pour l'entendre, mais au contraire, pour être rassurée par rapport à ses craintes. Elle avait dû faire des recherches sur Internet, et elle savait.

— Je vais vous prendre rendez-vous auprès d'un pédiatre de l'hôpital que je connais, dit-il. Il vous renseignera mieux que moi.

La mère eut un retrait du buste plein d'appréhension, et demanda :

— Vous pensez que c'est grave ?

— Je ne sais pas, madame. Ce que je peux vous dire, c'est qu'il entend bien.

— Alors, pourquoi réagit-il comme il le fait ? Il est...

Elle s'arrêta, eut un sanglot étouffé, reprit :

— Il a quelque chose de grave ?

Une nouvelle fois Adrien ne put se résoudre à avouer ses craintes.

— Il est jeune, vous savez, dit-il. Il va évoluer.
— Il a donc du retard ?
— Je ne crois pas que l'on puisse parler de retard.
— Alors, qu'est-ce qu'il a ?

Elle avait pris l'enfant contre elle, comme pour le préserver d'un péril immédiat, et elle dévisageait maintenant Adrien avec une immense souffrance.

— Je ne peux pas vous dire, fit-il. Je n'ai pas assez d'éléments. Le pédiatre dont je vous ai parlé l'examinera mieux que moi.

Il y avait à présent dans le regard de la mère une colère à peine contenue, car elle avait deviné qu'il savait, et qu'il mentait. De fait, il s'en voulait terriblement, mais décidément non, il ne pouvait pas. Elle se tut, le paya avec froideur, sortit sans même lui dire au revoir et il se retrouva seul à son bureau, très mécontent de lui-même, incapable de se lever et de faire entrer le patient suivant.

Il fallut que Mme Viguerie vienne frapper à la porte pour qu'il se décide enfin à poursuivre ses consultations, et il se sentit si mal qu'il ne put faire autrement que d'en parler à Mylène quand elle le rejoignit, le soir, à Saint-Victor.

— Autant je parviens à annoncer une mauvaise nouvelle à un adulte, autant cela me paraît impossible quand il s'agit d'un enfant, lui confia-t-il.

— C'est bien normal, répondit-elle. Il n'y a là rien que nous ne sachions tous.

— J'ai eu pitié de cette femme.

— Et alors ? Tu as voulu la préserver, quoi de plus naturel ? Tu ne vas pas te culpabiliser pour ça ! Imagine que tu te sois trompé dans ton diagnostic !

Comme souvent, Mylène lui apportait le réconfort auquel sa solitude, souvent, l'exposait. Mais ne l'avait-il pas choisie, cette solitude ? Alors ? De quoi pouvait-il se plaindre aujourd'hui ? Il devait faire face, trouver la force qui lui manquait parfois, devant les cas les plus douloureux, et continuer à avancer sur la voie qu'il s'était tracée.

Il en eut bien besoin, dans les jours qui suivirent, appelé qu'il fut un matin dans une maison du village de Marcheix, où il découvrit une femme désespérée. Elle était à bout de forces parce qu'elle soignait depuis deux années son mari qui souffrait de la maladie d'Alzheimer. Elle pleurait à présent, devant Adrien qui venait de lui prendre une main pour la réconforter.

— Je n'en peux plus, répétait-elle, vous comprenez ? Je n'en peux plus.

— Il existe des maisons de soins, expliqua Adrien. Je peux vous en trouver une, si vous voulez.

Elle leva sur lui un regard plein de détresse, répondit :

— Je n'ai jamais pu me séparer de lui. Ce serait comme si je l'abandonnais, vous comprenez ?

Elle se recroquevilla en gémissant, reprit d'une voix brisée :

— Et je ne veux pas l'abandonner. Je ne veux pas. Je deviendrais folle si je faisais ça.

— Mais vous ne pouvez pas continuer ainsi, avança Adrien. Vous êtes en train de dépérir. C'est votre santé qui est en jeu aujourd'hui.

À cet instant, son mari entra dans la salle à manger, se mit à ouvrir les tiroirs des meubles, comme s'il cherchait quelque chose. C'était un bel homme, très grand, aux cheveux gris soigneusement peignés, aux vêtements impeccables, avec un fin sourire sur les lèvres. Sa femme se leva aussitôt, s'approcha de lui et demanda d'une voix douce :

— Qu'est-ce que tu cherches ? Il n'y a rien à toi, là !

Le sourire de l'homme disparut, elle le prit par le bras, le fit asseoir dans un fauteuil, revint vers Adrien, mais l'homme se releva et se remit à ouvrir les tiroirs d'une commode. Elle se dirigea de nouveau vers lui, se saisit d'une sorte de trousse dans le tiroir, la lui donna et le raccompagna jusqu'au fauteuil, où il demeura immobile, observant la trousse grise, qui devait contenir des stylos et des crayons.

— Le plus dur, c'est la nuit, reprit-elle en s'asseyant face à Adrien, mais tout en surveillant du coin de l'œil son mari. Quelquefois il se lève et je ne l'entends pas. J'ai peur qu'il ouvre la porte et qu'il se sauve.

Elle se tut, sécha ses yeux en soupirant.

— Il était si actif, si énergique…

Elle ajouta dans un sanglot :

— Et il était si fort…

Elle se reprit, sourit en regardant son mari qui sortait un à un les stylos à bille de la trousse.

— Vous n'avez jamais demandé de l'aide ?

— Non ! Mais aujourd'hui, je n'en peux plus. Vraiment, je n'en peux plus.

— Je comprends, dit Adrien. Si vous ne voulez pas le placer, il faut au moins vous faire aider.

— Est-ce que c'est possible ?

— Une infirmière peut venir le matin et le soir pour la toilette.

— Oh non ! Je ne peux pas laisser faire ça. Ce serait terrible pour lui. Il ne le supporterait pas.

— Il ne s'en rendra peut-être pas compte.

— Mais bien sûr que si !

Elle avait une telle indignation dans la voix qu'Adrien n'insista pas.

— Alors, une aide à domicile pendant deux heures chaque jour. Sa présence vous permettrait de sortir, de penser un peu à vous. D'ailleurs, comment faites-vous pour les provisions ? Vous le laissez seul ?

— Non ! Je ne peux pas. La mairie nous livre des repas à midi, et le soir je m'arrange avec les restes.

— Alors vous ne sortez jamais ?

— Trois minutes, parfois, dans le jardin.

Adrien réfléchit en silence, puis il se décida à appeler Mylène. Il ne pouvait pas laisser seule cette femme qui était sur le point, par épuisement et par désespoir, de mettre fin à ses jours et à ceux de son mari.

— Une infirmière va venir vous voir, dit-il en éteignant son portable. Elle s'occupera de vous et contactera une assistante sociale, afin de vous apporter l'aide nécessaire.

Il hésita un peu, ajouta néanmoins :

— Mais vous savez, vous ne pourrez pas tenir longtemps. Il faut songer à placer votre mari dans une maison spécialisée. Pensez-y ! Il faut vous y préparer.

— Non ! fit-elle. Non ! Jamais !

Il ne put se résoudre à la laisser seule jusqu'à l'arrivée de Mylène. Mais celle-ci tarda et il en profita pour tenter de convaincre la vieille dame, en essayant de trouver les mots susceptibles de lui redonner du courage. Il se demanda s'il ne faisait pas une erreur en laissant cet homme et cette femme seuls dans leur maison. Il y avait des médicaments partout : sur la table de nuit, sur les commodes, dans les tiroirs, et un geste de désespoir était toujours possible. Finalement, Mylène arriva, et Adrien put s'en aller en se promettant de faire le point avec elle à midi au restaurant, mais il garda en lui, une nouvelle fois, la sensation d'avoir été confronté à un problème qui le dépassait.

Une consultation lui apporta les quelques minutes de répit qu'il espérait. L'urgence, c'était le matin ou tard le soir, mais les consultations de l'après-midi, le plus souvent, révélaient moins de gravité, de drames, de désespoir. Les renouvellements d'ordonnance et les petites misères ne nécessitaient pas des décisions qui pouvaient engager la vie ou la mort. Adrien le savait par expérience, à présent, et il rentrait avec moins d'appréhension qu'en partant le matin, après avoir passé le plus souvent une heure agréable avec Mylène au restaurant.

Ainsi, cet après-midi-là, vit-il entrer dans son bureau une vieille femme qui portait un grand panier en osier semblable à ceux dont on se servait, dans le temps, lors des foires, dans les campagnes. Il l'avait déjà reçue en consultation car elle souffrait de polyarthrite rhumatoïde, et le traitement qu'il lui donnait à base d'anti-inflammatoires soulageait à peine ses douleurs. Alors qu'il s'apprêtait à rédiger un renouvellement d'ordonnance, elle l'arrêta d'un geste en disant :

— Non, docteur, c'est pas pour moi aujourd'hui.

Et, d'un geste naturel, elle fit glisser la serviette posée sur son panier où apparut, à la grande stupéfaction d'Adrien, un lapin gris.

Et, comme il retenait un rire de surprise, elle ajouta :
— C'est pour mon Jeannot. Il ne se nourrit plus, le pauvre ! Ça me fait de la peine de le voir comme ça.

— Je ne soigne pas les animaux, madame Crozat, dit-il en essayant de conserver son sérieux.

— Oui, je sais bien, mais je ne peux pas le conduire chez le vétérinaire, et il n'y a personne pour m'emmener. Je suis seule, vous comprenez ?

— Pas même un voisin ?

— J'aime pas demander service. Alors j'ai pensé que peut-être vous pourriez, vous, soigner mon Jeannot.

Comme il ne répondait pas, elle poursuivit, avec une conviction touchante :

— Après tout, les bêtes c'est comme les humains. Il leur manque que la parole, et encore, il y en a qui parlent : il suffit de bien les écouter.

— Votre Jeannot vous parle ?

— Bien sûr !

— Et que vous dit-il ?

— Qu'il a des douleurs, comme moi, le pauvre. C'est qu'il est vieux, vous savez ?

Elle ajouta, tandis qu'il ne savait comment se sortir de cette situation :

— Je l'aime beaucoup. C'est tout le portrait de sa pauvre mère.

— Quel âge a-t-il ? demanda Adrien pour gagner du temps.

— Plus de dix ans.

— Plus de dix ans ? Vous êtes sûre ?

— Je crois, oui.

— Si c'est le cas, reprit Adrien, il n'y a plus grand-chose à faire pour lui.

— Ah bon ? fit-elle, dépitée. C'est bien malheureux.

Elle reprit, après un soupir :

— Même pas le soulager ?

— Hélas ! Je ne pense pas.

— Ah ! C'est bien malheureux, répéta-t-elle.

Elle replaça dans le panier le lapin qu'elle avait pris dans ses bras, mais un dernier doute l'arrêta.

— Vous pourriez peut-être l'examiner ?

— Ça ne servirait à rien, je vous assure. Parlez-moi plutôt de vos rhumatismes. Est-ce que le dernier traitement fait un peu d'effet ?

— Un peu, mais guère. Je dors pas beaucoup.

— Voulez-vous que l'on essaye autre chose ?

Elle réfléchit un instant, répondit :

— Je crois bien que c'est comme pour mon pauvre Jeannot : ça servirait à rien.

Elle se tut encore un instant, puis :

— Dites-moi, docteur : vous croyez que les bêtes souffrent autant que nous ?

— J'en ai bien peur, madame Crozat.

— Les pauvres !

Il se sentit complètement bouleversé par cette vieille femme qui se souciait davantage de la douleur de son lapin que de sa propre douleur. Tête baissée, elle recouvrait maintenant le panier de la serviette à carreaux rouges et blancs, faisant glisser sous elle avec précaution les oreilles du pauvre Jeannot, qui se retrouva seul face à son destin.

— Qu'est-ce que je vous dois ? demanda-t-elle en se redressant brusquement.

— Vous ne me devez rien, madame Crozat.

— Ah ! Eh bien, merci, alors !

— De rien.

Il la raccompagna jusqu'à la porte qu'il ouvrit devant elle, et il la suivit du regard un instant, tandis qu'elle murmurait sans doute des paroles de consolation au petit animal devenu aujourd'hui sa seule compagnie.

Il fit très beau le dimanche qui suivit cette semaine-là, et, comme Adrien n'était pas de garde, ils décidèrent, avec Mylène, de faire une sortie pour profiter du soleil. Ils roulèrent un moment toutes fenêtres ouvertes, se réjouissant intérieurement de ce repos et de cette vacuité auxquels ils n'étaient pas habitués, observant les arbres en train de reverdir, les oiseaux dans les prés, et, devant eux, sur l'horizon, le bleu de dragée d'un ciel sans nuages. L'hiver s'en allait, emporté par un petit vent du sud, livrant la campagne aux premières douceurs du printemps.

Adrien redécouvrait avec un immense plaisir ce coin du département où alternaient d'aimables collines et des vallons peu profonds, des bois étroits et des pâtures d'où partaient des chemins de terre qui semblaient ne mener nulle part. En bas, scintillaient des ruisseaux semblables à ceux qu'il avait connus enfant, et il le confia à Mylène, qui répondit :

— Moi aussi j'ai pêché dans les ruisseaux quand j'étais petite, et j'aimais beaucoup ça.

Il en fut stupéfait.

— Toi ? Pêcher dans les ruisseaux ? Je croyais que tu étais née à Guéret.

— Oui. Je suis née à Guéret, mais j'ai souvent passé des vacances à la campagne.

— Dans ta famille ?

— Chez un oncle et une tante.

Adrien demeura un moment silencieux, s'interrogeant sur cet aveu, mais n'osant pas la questionner plus avant. Ce fut elle qui continua, lui confiant ce que sans doute elle avait décidé, en secret, de lui révéler un jour, quand elle en jugerait le moment venu.

— Mes parents travaillaient beaucoup et ils n'avaient que peu de congés.

Il faillit demander pourquoi mais se contint, devinant un secret. Elle attendit quelques secondes, puis elle reprit, d'une voix émue qu'il ne lui connaissait pas :

— Mon oncle et ma tante avaient une fille de mon âge : Isabelle.

Il s'efforça de ne pas tourner la tête vers elle, qui ajouta, cependant :

— Je l'aimais beaucoup, mais elle est partie à Lyon et je n'ai plus de nouvelles.

— Et toi tu es restée ! dit Adrien.

— Oui. Moi je suis restée.

Mylène sourit, reprit :

— Beaucoup de mes amies sont parties et moi je suis toujours là.

— Parce que tu l'as choisi.
— Oui, je l'ai choisi.
Elle se tut un instant, poursuivit, un ton plus bas :
— Je n'ai pas pu abandonner mes parents, même s'ils ont disparu.
— Disparu ?
— Oui, un accident de voiture. J'avais dix-neuf ans. Je commençais à travailler.

Elle ajouta aussitôt, comme si elle regrettait cette confidence qui laissait apparaître une faille chez elle :
— J'ai été très heureuse avec eux. Trop, peut-être. Ma mère était si belle !

Adrien voulut voler à son secours :
— Aussi belle que toi ? demanda-t-il.
— Beaucoup plus belle que moi.

Elle demeura songeuse un instant, se reprochant peut-être d'en avoir trop dit. Ils roulèrent un long moment sans un mot, sur la route ombragée d'arbres et de haies d'églantiers. Adrien, conduisant d'une main, voulut prendre la sienne, mais elle la lui refusa.

— On arrive ! dit-elle.

Au moment de leur départ, elle lui avait demandé de se diriger vers Aubusson, et il ne lui avait pas posé de questions, au contraire : il avait aimé se laisser guider, s'interrogeant seulement sur le sens de cette initiative.

— Où arrive-t-on ?
— Tu verras.

Cinq cents mètres plus loin, elle lui montra un chemin sur la droite, qui s'enfonçait au cœur d'un petit bois d'ormes, de chênes et d'acacias. Ils avancèrent doucement à cause des ornières profondes, puis ils débouchèrent dans une clairière où dormait un petit étang bordé de nénuphars.

— Arrête-toi là, dit-elle doucement.

Il coupa le moteur, se tourna enfin vers elle pour la prendre dans ses bras, mais elle le repoussa et ouvrit sa portière en disant :

— Viens !

Il descendit, la rejoignit, et ce fut elle qui lui prit le bras en marchant vers l'étang qui crépitait d'une lumière vive, à peine atténuée par l'écran des arbres voisins. Puis, une fois sur la rive d'un vert de premier jour du monde, elle s'assit et l'invita à faire de même, entre des petites fougères émergeant de la mousse. Il lui entoura les épaules du bras, n'osant la questionner davantage, mais elle reprit d'elle-même :

— Je venais souvent ici avec ma cousine Isabelle. On se baignait, on se faisait des confidences, on rêvait à ce que serait notre vie.

Elle ajouta, se tournant vers lui en souriant :

— Je n'ai jamais emmené personne ici, depuis. Pas même mon ex.

— Et pourquoi ?

— C'était notre refuge. Notre île. On s'asseyait à l'endroit précis où nous sommes, et on se promettait de ne jamais se quitter.

— Comment venais-tu ? À pied ?

— La ferme de mon oncle et de ma tante se trouve à moins d'un kilomètre. Je te la montrerai quand nous repartirons.

— Tu y étais heureuse ?

— Très heureuse, même si mes parents me manquaient.

Il sembla à Adrien qu'elle ne voulait pas se laisser submerger par trop d'émotion, quand elle se leva d'un bond en disant :

— Viens !

Il la rejoignit et elle commença à faire le tour de l'étang, qui n'était pas très large : une soixantaine de mètres seulement. Il lui était reconnaissant de lui avoir livré ces secrets qu'il suspectait depuis qu'ils avaient fait connaissance. Elle lui paraissait plus fragile aujourd'hui, mais il l'admirait d'avoir trouvé la force de se battre, et de pratiquer son métier d'infirmière avec une énergie si positive, si chaleureuse.

Elle s'assit sur la rive haute d'un mètre, laissant ses jambes se balancer au-dessus de l'eau, et elle tapota l'herbe de la main pour l'inviter à la rejoindre. Des libellules bleues voletaient au-dessus des nénuphars, et quelquefois s'accouplaient rapidement, avant de reprendre leur danse un peu folle. Une poule d'eau émergea brusquement à dix mètres d'eux, puis replongea avec un cri d'indignation en les apercevant. Une rainette sauta d'un nénuphar à l'autre, et disparut. Il faisait chaud, Mylène fermait les yeux puis les ouvrait de nouveau, la tête levée vers le ciel, comme pour redécouvrir cet univers qui lui avait été familier. Elle montra du doigt à Adrien un martin-pêcheur dont le bleu profond étincelait dans un rayon de soleil.

— Petite vie, mais la vie, dit-elle. Plus elle est petite, plus elle est belle, parce qu'elle est fragile, tu ne crois pas ?

— Si.

— Un peu à l'image des gens que nous soignons.

— C'est vrai.

Elle s'allongea sur le dos, murmura :

— J'ai toujours su que tu viendrais ici, un jour.

Elle lui tendit les bras. Il bascula sur elle, les yeux encore éblouis par la lumière d'un monde rendu à sa vérité première : un homme et une femme unis entre le ciel et l'eau...

Plus tard, quand ils repartirent, elle lui montra une ferme à trois cents mètres de la route, et il lui demanda :

— Tu veux t'en approcher ?

— Non. Ils ne vivent plus là. Isabelle les a fait venir à Lyon, près d'elle. Les volets sont fermés. Tout est désert ici.

— Tu lui en veux, de ne pas donner de nouvelles ?

— Non. Elle rêvait d'autres choses, d'autres lieux, d'autres gens. C'est sa vie, pas la mienne.

Elle soupira, ajouta :

— Et puis je ne veux pas revenir en arrière. Le chemin a été long pour moi. Aujourd'hui, je suis devenue celle que je rêvais d'être. Tu vois ? Ce n'était pas grand-chose.

— C'est beaucoup mieux que tu ne crois, dit Adrien sans la regarder. C'est une vie de dévouement, très précieuse à ceux qui ont besoin de toi.

— Oui, fit-elle, je l'espère.

Elle lui prit le bras et se pencha sur son épaule, laissant aller sa tête avec un soupir qui parut à Adrien plus proche du bonheur que des vains souvenirs d'une enfance lointaine.

8

Fin mai, on se serait déjà cru au début de l'été. Un vent chaud venu du sud provoqua les inévitables allergies de la saison, d'autant que les foins n'avaient pas encore été coupés et que les graminées dispersaient dans l'air saturé leur pollen et leur parfum poivré. Coryzas, rhinites, crises d'asthme, trachéites, bronchites sifflantes, inflammations, démangeaisons occupaient chaque jour Adrien. Pas d'urgence véritable, mais une multiplication de consultations à domicile qui le retenaient jusque tard le soir, alors qu'il aurait souhaité profiter, avec Mylène, de la longueur des jours.

La poétesse avait disparu, ce qui l'intriguait, car il se demandait ce qu'elle pouvait bien manigancer dans son antre peuplé de rêves fous. Daniel, lui, se manifesta le mardi de la dernière semaine du mois, et dans un état d'excitation inquiétant.

— Je suis désespéré, confia-t-il à Adrien, une fois assis face à lui, tremblant de tous ses membres.

— Qu'est-ce qui se passe ?

Daniel baissa la tête, murmura :

— Je crois qu'elle a un amant.

Il ajouta, aussitôt :

— Oh ! Un homme très bien ! Comment pourrait-il en être autrement de la part d'une telle femme ?

— Ce n'est peut-être qu'un ami, suggéra Adrien.

— Vous croyez ?

— C'est possible. Il ne faut pas vous inquiéter.

Daniel se tordait les doigts, respirait difficilement, avec une telle émotion, une telle anxiété qu'Adrien se demanda s'il n'était pas capable de mettre sa vie en danger.

— Non ! Ce n'est pas un simple ami, reprit Daniel. C'est vraiment son amant. Je suis désespéré.

Et, dans un soupir qui fit naître des larmes dans ses yeux :

— Je ne pourrai pas supporter de la perdre.

— Lui avez-vous parlé, au moins ?

— Elle n'a pas répondu à mes lettres. Je me doutais qu'elle nourrissait des sentiments pour un autre. Et j'en ai eu confirmation hier.

— Que s'est-il passé ?

— Un homme est venu la chercher et elle n'est pas rentrée de la nuit.

Il répéta, accablé :

— Je suis désespéré. Je ne vais pas pouvoir survivre à cette trahison. Je ne dors plus, et je ne mange plus.

Ce dernier propos alerta considérablement Adrien.

— Peut-être vous faudrait-il revenir quelque temps à Esquirol pour vous reposer un peu. Qu'en pensez-vous ? Voulez-vous que je m'en occupe ?

Daniel leva sur lui un regard d'une tristesse infinie, murmura :

— Oui. Je veux bien. Je souffre trop.

— Je vais téléphoner dans l'après-midi, dès que j'aurai un moment. Revenez ce soir, vers six heures.

— Oui, merci ! Je veux bien.

Daniel s'en alla, semblant porter sur ses épaules toute la misère du monde, mais Adrien eut beaucoup de mal à établir le contact avec le psychiatre qui suivait cet homme si fragile depuis des années.

— Je ne pense pas qu'il puisse attenter à ses jours ! déclara le spécialiste. Il n'en aura pas la force. En revanche, il peut se laisser mourir.

— Je le crois aussi, dit Adrien.

— On peut l'hospitaliser pour le faire dormir et le nourrir pendant deux à trois semaines.

— Oui. Je crois qu'il vaut mieux.

— Envoyez-le-moi demain matin.

— Je préférerais ce soir, dit Adrien.

— Entendu. Je vais dire au psy des urgences d'aller le récupérer.

Soulagé, Adrien reprit ses consultations jusqu'au retour de Daniel, qui se montra content de partir. Manifestement, il était à bout de forces, et il sourit à peine quand Adrien lui dit, une fois allongé dans le VSL qui allait l'emmener :

— Vous reviendrez tout neuf et plein de courage, j'en suis sûr.

— Merci, docteur ! Vous êtes un ami, je le sais.

Le VSL partit et Adrien ne put entamer une nouvelle consultation, car il fut appelé en urgence à Châteleix même, où un homme – la trentaine, corpulent, très pâle –, piqué par des guêpes, avait eu un malaise. Il avait perdu connaissance et le choc anaphylactique avait provoqué un effondrement de la tension artérielle qu'Adrien constata avec une grande inquiétude. Vite, il effectua une injection d'adrénaline pour maintenir la tension et lui administra un antihistaminique et des corticoïdes, puis il demeura auprès de lui, en attendant le Samu. Les dix minutes qui passèrent furent périlleuses, puis l'homme reprit ses esprits, et, quoique demeurant très faible, il prononça quelques mots, demandant où il se trouvait et ce qui lui était arrivé.

— Ne vous inquiétez pas, dit Adrien. Tout va s'arranger.

Un quart d'heure plus tard, il transmit le bilan à l'urgentiste du Samu, qui lança, en installant le patient sur la civière :

— Il était temps !

Il était temps, en effet ! Adrien se méfiait des chocs allergiques violents pour avoir vécu, lors de son stage aux urgences du CHU, un décès provoqué par un œdème de Quincke : l'homme était mort par étouffement d'une allergie brutale, après avoir appelé un médecin trop tard. Adrien fut soulagé de voir s'éloigner le Samu, et il regagna le cabinet médical en se demandant ce qui se serait passé si l'homme victime d'un essaim de guêpes avait habité loin de Châteleix. Cela lui fit penser à sa grand-mère, qui, trop isolée, un dimanche, avait attendu trop longtemps le médecin de garde. Et il conserva jusqu'au soir, présente dans son esprit, l'image de cette femme seule, qu'il avait tant aimée, attendant la mort dans la maison qu'elle n'avait jamais voulu quitter.

Deux jours plus tard, en tout début d'après-midi, il

reçut en consultation un couple qui avait pris rendez-vous et qui, comme souvent, s'était endimanché. La femme portait un collier de perles sur un ensemble beige, un bracelet en or, des lunettes d'écaille, et elle posa sur ses genoux un sac de marque dont elle manipulait le fermoir avec nervosité. Elle devait avoir entre soixante et soixante-cinq ans ; son mari un peu plus, peut-être, qui était chauve, plutôt fort, les yeux d'un bleu très pâle, et pourtant sans éclat. Elle expliqua à Adrien qu'ils venaient consulter, car elle craignait que son époux présente les premiers stigmates de la maladie d'Alzheimer. De fait, l'homme paraissait un peu absent, comme s'il écoutait à peine les propos d'une épouse qui parlait pour deux.

Elle raconta à Adrien les grands événements de leur vie, lui avoua que c'était la première fois qu'ils consultaient quelqu'un d'autre que leur médecin traitant, car ils n'avaient plus confiance en lui.

— Vous venez de loin ? demanda Adrien.
— Non. De Pontarion.

Elle parla longtemps, très longtemps, insistant sur les « absences » de plus en plus préoccupantes de son mari, qui, du reste, à côté d'elle, observait le mur, sans aucune réaction. Au bout d'un quart d'heure, Adrien, impatienté, demanda à la femme de sortir, afin qu'il puisse effectuer une évaluation de l'état psychique de son mari. Il possédait à cet effet toute une batterie de tests appropriés dont il s'était servi à deux ou trois reprises, et qui ne trompaient pas.

Elle se leva de mauvaise grâce, en disant d'un air pincé :

— Si cela vous paraît indispensable, pourquoi pas ?

— S'il vous plaît.

Dès qu'elle eut disparu, il observa un instant l'homme, qui ne le regardait toujours pas mais souriait discrètement.

— Que pouvez-vous me dire? demanda Adrien, d'une voix la plus neutre possible.

D'abord, l'homme ne répondit pas, mais il tourna enfin la tête vers Adrien et l'examina un moment, comme s'il le jaugeait.

— Vous pouvez vous confier à moi. Vous savez bien que je suis lié par le secret professionnel.

— Oui, je sais.

C'étaient les premiers mots qu'il prononçait. Il avait une voix calme, bien affirmée, qui paraissait parfaitement adaptée à sa morphologie, mais dans laquelle, pourtant, on décelait une sorte de fêlure.

— Prenez votre temps, fit Adrien. Rien ne nous presse.

L'homme sourit, mais tristement, et murmura:

— Mon épouse a oublié de vous dire quelque chose.

— Oui?

Les mots eurent du mal à franchir ses lèvres, puis il y parvint, les yeux brusquement embués:

— Il y a dix-huit mois, nous avons perdu notre petit-fils dans un accident de la route. Il avait dix-neuf ans.

Deux grosses larmes coulèrent sur ses joues, qu'il ne songea pas à dissimuler.

— Je n'ai jamais pu oublier ce jour-là, quand le téléphone a sonné et qu'une voix d'homme m'a annoncé la nouvelle froidement.

Et il se mit à raconter tout ce qui avait suivi l'annonce de l'accident, son départ affolé vers le domicile de son fils, la découverte du cadavre mutilé que l'on venait de transporter, les heures noires jusqu'aux obsèques, le désespoir des parents; le sien, aussi, dont il n'avait jamais pu émerger. Quand il s'arrêta, il eut un long soupir qui parut le soulager, et un pauvre sourire éclaira brièvement son visage, où les poches sous les yeux soulignaient les prunelles claires, qui semblaient à vif sur le monde extérieur. Adrien avait compris : cet homme-là ne souffrait pas de la maladie d'Alzheimer; il était en deuil, tout simplement, et sa femme, elle, avait complètement occulté ce qui s'était passé.

— Je vais vous aider, dit Adrien. Mais ne vous inquiétez pas : vous ne montrez aucune manifestation de dégénérescence mentale.

Il observa l'homme un instant, qui leva sur lui un regard apaisé, puis il reprit :

— Nous n'allons même pas effectuer les tests auxquels je pensais. Ce n'est pas nécessaire.

— Merci !

— Je vais vous prescrire un antidépresseur. Et vous adresser aussi à un psychiatre, afin que vous puissiez parler, vous libérer de cette plaie mentale dont vous souffrez.

— Oui, dit l'homme.

— Vous êtes d'accord ?

— Je suis d'accord.

Adrien prit une ordonnance et prescrivit l'antidépresseur auquel il pensait, puis il écrivit un mot sur une feuille à en-tête, à destination du psychiatre auquel il avait déjà confié des patients.

— Je la cachette, dit-il à son vis-à-vis, mais vous avez ma parole : je n'ai rien écrit d'autre que ce que je viens de vous dire.

— Merci.

Il y eut un moment de silence au cours duquel Adrien put lire de la reconnaissance dans le regard de l'homme, rassuré d'avoir été compris, puis il rappela l'épouse, qui se montra très contrariée, son diagnostic étant contesté. Il fit alors sortir le mari et prit le temps de la persuader de ce qu'il avançait. Elle lutta, se défendit, puis, en pleurs, finit par concéder qu'il avait raison. Elle avait supprimé la disparition de son petit-fils de sa mémoire, tout simplement parce qu'elle ne l'aurait pas supportée.

— C'est souvent le cas, conclut Adrien. Mais au contraire de vous, votre mari, lui, n'a rien occulté. Il est toujours en deuil.

Finalement elle voulut bien admettre ces conclusions, et ils quittèrent le cabinet non pas guéris mais au moins éclairés sur ce qu'ils vivaient côte à côte, et avec l'espoir de parvenir à surmonter enfin ce qui les accablait.

Quarante-huit heures plus tard, en milieu d'après-midi, Adrien dut partir en urgence dans une ferme où un homme avait été renversé sous son tracteur. Il savait qu'un tel accident pouvait être grave, car il provoquait le plus souvent, non seulement des fractures, mais aussi des hémorragies internes qui risquaient d'être fatales. Il mit plus d'un quart d'heure à arriver sur les lieux : un grand pré pentu au bord de la départementale, où s'activaient quelques personnes et les pompiers.

L'homme venait d'être dégagé, mais il était en état de choc et Adrien comprit qu'il devait avoir des côtes fracturées et faisait une hémorragie au niveau de l'abdomen. Il fallait le transfuser au plus vite, et donc le transporter à l'hôpital le plus rapidement possible, tout en évitant de trop le manipuler pour ne pas aggraver ses blessures.

Adrien lui posa une perfusion et appela le Samu en demandant l'intervention d'un hélicoptère. En attendant, il questionna la femme du blessé, qui avait donné l'alerte mais avec beaucoup de retard, car elle ne se trouvait pas sur les lieux. Il dut lui injecter un sédatif pour la calmer, car elle était au bord de la crise de nerfs. Le blessé, lui, respirait toujours difficilement, et avait tendance à fermer les yeux. Il fallut pourtant patienter trois quarts d'heure avant que n'arrive l'hélicoptère et prendre les précautions d'usage pour transporter l'homme à l'intérieur de l'appareil.

Puis Adrien s'en alla, très préoccupé par son sort, mais il fut tiré de ses sombres pensées par la découverte, dans la salle d'attente, de la poétesse, qu'il n'avait pas vue depuis longtemps. Toujours très originale dans sa manière de se vêtir d'amples robes aux couleurs violentes à la manière des gitanes, avec des gestes étudiés, un épais rimmel autour des yeux, elle s'assit avec grâce et lâcha, avec une désinvolture amusée :

— Je viens vous voir aujourd'hui, docteur, parce que je crois que je suis enceinte.

Elle jeta sur Adrien un regard censé jauger l'effet

d'une telle révélation, mais il se montra indifférent et demanda calmement :
— Vous croyez, ou vous en êtes sûre ?
— Je le crois, mais j'ai besoin d'une confirmation.
— Adressez-vous à un gynécologue.
— Il faut six mois pour avoir un rendez-vous !

Il le savait, et ne put faire autrement, malgré ses réticences, que de procéder à l'examen qu'elle sollicitait.

Elle se dévêtit lentement, son regard ne quittant pas celui d'Adrien. Elle apparut en sous-vêtements rouge vif et s'allongea d'elle-même sur la table de consultation, avec toujours le même sourire aux lèvres. Il l'examina le plus rapidement possible, s'efforçant de ne jamais croiser le regard qu'elle dardait sur lui, comme celui d'un reptile sur une proie. Au bout de cinq minutes, il lui confirma qu'effectivement elle était enceinte, information qu'elle accueillit en s'exclamant :
— Vous voyez ? Je vous l'avais dit.
— Vous en saviez autant que moi. Il n'était donc pas nécessaire de venir consulter.

Elle ne répondit pas, commença à se rhabiller, alors qu'il se demandait où elle voulait en venir. Enfin, de nouveau assise face à lui, l'air triomphant, elle lança :
— Je vous ai trompé. C'est tout ce que vous méritiez !

Puis elle se leva, le défiant de manière arrogante, et elle s'en alla, ivre d'orgueil et de vengeance, persuadée de lui avoir infligé le châtiment suprême qu'à ses yeux il méritait.

Le week-end qui suivit cette si drôle et dérisoire vengeance, il était de garde, et il ne put profiter comme il l'aurait souhaité d'une journée de repos près de Mylène. Dehors, il pleuvait, et il s'opposa à ce qu'elle le suive quand il fut alerté, de nuit, à trois heures, par le régulateur qui lui indiqua une visite en pleine campagne, entre Bourganeuf et Guéret. Une femme seule, très âgée, assurait qu'elle était sur le point de mourir, et suppliait qu'on vienne à son secours.

— Elle se plaint de quoi ? demanda Adrien.

— Elle prétend qu'il y a du sang partout chez elle, qu'elle est en train de faire une hémorragie. Elle habite un lieu-dit : Les Broussiers, mais ce n'est pas sur la départementale 940. Il faut prendre à gauche après Villechadeau, puis encore deux fois à gauche, et enfin à droite après un bois dont quelques arbres de bordure ont été coupés. Tu as bien un GPS ?

— Tu sais, le GPS, ici, avec toutes ces petites routes, je ne peux pas toujours m'y fier.

— Bon ! Je te donne son numéro de téléphone. On ne sait jamais.

— Vas-y ! Je note.

Adrien partit, repoussant tendrement Mylène qui, à moitié réveillée, insistait pour le suivre. Dehors, il tombait une pluie épaisse et régulière que les phares de son Toyota avaient du mal à percer. Pour gagner du temps, il voulut prendre un raccourci et couper par la départementale 80 qui le conduirait quelques kilomètres avant Villechadeau, mais il comprit très vite que cette route étroite qui sinuait dans un brouillard épais allait au contraire le retarder. Il aurait mieux fait de suivre le GPS qui lui indiquait la direction de Pontarion.

Il ne roulait qu'à quarante à l'heure et la voix du GPS, qui lui intimait de faire demi-tour, l'agaçait, comme souvent quand il se fiait seulement à sa connaissance des lieux. Et, de fait, il était venu plusieurs fois dans ces parages, mais c'était la journée et non pas la nuit noyée dans un brouillard de plus en plus épais. Il se trompa plusieurs fois avant, enfin, de retrouver la départementale 940, plus large, mieux balisée que celle qu'il venait de quitter. Ensuite, tout alla bien jusqu'à Villechadeau, qu'il dépassa sans la moindre hésitation, puis il se fia à son GPS qui l'envoya vers la gauche en direction de Saint-Dizier, et puis, tout à coup, plus rien. Écran bloqué : un bug inexplicable, incompréhensible, qu'il tenta de résoudre en remettant le GPS à zéro : en pure perte. Il s'arrêta, coupa le contact, ralluma, reprogramma le GPS, qui, cette fois, refusa de s'allumer.

Il repartit, tenta de se souvenir des informations données par le régulateur : deux fois à gauche, une fois à droite, mais il y avait des chemins partout et il se résigna à s'arrêter de nouveau, afin de téléphoner à la malade de manière à ce qu'elle puisse le guider. Elle décrocha aussitôt, comme si elle attendait près de son téléphone. Elle était tellement affolée qu'elle l'écouta à peine, se contentant de répéter :

— Vite ! Vite ! Je vais mourir.

Adrien eut beaucoup de mal à lui expliquer où il se trouvait, car il n'existait aucun panneau à proximité, et le brouillard, de surcroît, était toujours aussi dense.

— Un portail rouge au bord de la route ! s'écria-t-elle.

— Quelle route ?

— La route ! Il n'y en a qu'une.

— Je vous rappelle dès que je le peux.

Il erra pendant dix minutes avant de découvrir enfin un panneau qui indiquait : « Janaillat 5 kilomètres ». Il rappela la vieille dame qui, entre deux plaintes et des gémissements d'agonie, lui dit qu'il devait faire demi-tour, et prendre la première route à gauche. Ce qu'il fit, mais le brouillard lui interdisait d'apercevoir la moindre lumière. « Un portail rouge », avait-elle précisé, mais comment deviner une couleur dans la nuit avec si peu de visibilité ? Il continua, cependant, mais très lentement, essayant de se persuader qu'il était sur le bon chemin. Enfin une faible lumière apparut sur la droite, près d'un portail qui paraissait être de couleur rouge. Ce devait être là.

Il se gara devant la maison isolée, se demandant comment une personne âgée pouvait vivre ici, à l'écart de tout, puis il sonna à la porte qui s'ouvrit aussitôt, tirée par une vieille dame en robe de chambre rose, aux cheveux blancs frisés, qui poussa un soupir de soulagement et dit :

— Venez vite ! Je me vide de mon sang.

Mais rien, en elle ou sur elle, ne trahissait la moindre preuve de ce qu'elle avançait. Elle le précéda dans un salon et s'allongea en lui montrant, à ses pieds, deux sous-vêtements effectivement tachés de sang. Il l'examina, mais ne trouva pas trace d'hémorragie importante.

— Vous vivez seule ? demanda-t-il en lui repoussant une manche vers le haut, afin de lui prendre la tension.

— Oui, je vis seule depuis la mort de mon mari.

— Ce n'est pas bien prudent, à votre âge.

— Je ne veux pas quitter la maison où nous avons passé notre vie.

La tension était normale, et même étonnamment normale pour une personne qui devait avoir plus de quatre-vingts ans. Il se le fit préciser aussitôt : quatre-vingt-deux ans.

— Depuis quand avez-vous décelé ce...

Il hésita, reprit :

— Cet écoulement.

Il ne parvenait pas à parler d'hémorragie. Certes, deux culottes de coton étaient tachées, mais s'il s'était agi d'une véritable hémorragie, le canapé où elle se trouvait aurait été souillé, sa robe de chambre aussi.

— Je m'en suis aperçue hier à midi.

— Et c'est à trois heures du matin que vous téléphonez ?

— Ça a recommencé. Je me suis changée il y a une heure. J'ai du sang aussi dans les selles.

À l'examen il conclut à des hémorroïdes, mais il savait qu'il ne pouvait pas exclure un cancer du côlon.

— Rassurez-vous, dit-il. Vous n'allez pas mourir.

— Ah ! Merci, docteur !

Il était furieux, mais en même temps il comprenait que la nuit et la solitude avaient paniqué cette femme qui, à présent, souriait. Il ne devait cependant pas en rester entièrement à ce diagnostic. Il fallait réaliser des examens pour une numération globulaire et une coloscopie afin de ne pas passer à côté d'un problème aux intestins. Cette femme vivait seule, et il ne devait rien négliger. Elle accueillit la nouvelle d'avoir à procéder à des examens avec contrariété, et il dut parlementer un moment avant qu'elle n'accepte.

— Je préviendrai ma secrétaire. Elle vous prendra rendez-vous à l'hôpital pour la semaine prochaine.

— Mais je ne conduis pas.

— Je vais vous signer un bon de transport : vous pourrez prendre un VSL.

— Ah bon ! Dans ce cas...

Il rédigea une ordonnance pour un traitement antihémorroïdaire, la rassura encore pendant qu'elle le payait, mais au moment de partir, un doute le prit : pouvait-il laisser cette femme seule si une véritable hémorragie se produisait ? Est-ce qu'il ne passait pas à côté du bon diagnostic ? Il s'en alla, mécontent de lui, mais en se promettant de la rappeler le lendemain matin.

Quand il arriva à Saint-Victor, il se réfugia dans la bonne chaleur de Mylène, et bien que le téléphone demeurât muet, il ne put trouver le sommeil, trop préoccupé qu'il était par l'impression devenue obsessionnelle, au fil du temps, d'avoir abandonné un patient à son sort.

Le lendemain après-midi, il reçut la visite d'un homme venu le remercier, comme cela arrivait parfois – et comme chaque fois, il en fut réconforté, réconcilié avec lui-même. L'homme avait soixante-dix-huit ans, et il souffrait d'insuffisance cardiaque. Il avait confié à Adrien lors d'une précédente visite que c'était à peine s'il parvenait à aller soigner ses animaux au fond de sa cour, tant il était essoufflé. C'était un homme corpulent, aux yeux noirs, dont la peau burinée trahissait une longue vie de travail dans les champs. Même dans ses propos, il devait s'arrêter pour reprendre son souffle, comme si le moindre effort était déjà trop difficile pour lui.

Adrien l'avait soigné tout simplement avec des diurétiques, et il en attendait une amélioration relative.

— Je suis venu pour vous remercier, docteur, lui dit-il, je ne sais pas ce que vous m'avez prescrit, mais je vais beaucoup mieux.

Ses yeux sombres s'étaient illuminés et brillaient sous le coup d'une émotion qu'il ne cherchait pas à dissimuler.

— Je peux maintenant me déplacer sans avoir trop de mal à respirer. J'ai repris goût à la vie. Merci beaucoup, docteur !

Et, comme Adrien s'interrogeait intérieurement sur ce qui avait provoqué une telle amélioration :

— Je ne sais pas ce que vous m'avez donné, répéta l'homme, mais ça m'a fait beaucoup de bien.

— Tant mieux ! répondit Adrien. J'en suis content, monsieur Besse.

— C'est ma femme qui était obligée d'aller donner à manger aux bêtes, vous vous rendez compte ?

— Je me rends compte.

— Après avoir travaillé toute ma vie, je pouvais à peine faire trente mètres.

— Mais ça va mieux, donc ?

— Ah oui ! J'ai retrouvé le moral. Je vous remercie encore une fois.

L'homme était si heureux qu'il se mit à parler longuement de son métier, de sa vie, et Adrien, malgré les patients qui s'accumulaient dans la salle d'attente, n'avait aucune envie de le presser. Il songeait que cet homme aurait pu être ce grand-père qu'il n'avait jamais connu et il se sentait bien de cette présence, tout en se disant que les miracles existaient, en médecine comme ailleurs. Il avait déjà remarqué que son instinct, son intuition avaient été efficaces à plusieurs reprises sans qu'il en comprenne bien les raisons. Il fallait aussi, parfois, faire confiance à la vie et à la force de ceux qui avaient l'habitude de lutter. Il s'aperçut que l'homme s'était enfin levé et que ce n'était plus de la considération qu'exprimaient son regard et sa voix, mais une immense reconnaissance.

— Je vous porterai un poulet ! lança-t-il. Un vrai poulet de grain. Vous pourrez vous régaler !

— Ce n'est pas la peine, monsieur Besse.

— Si ! J'y tiens.

Et il ajouta, d'un ton sentencieux :

— Vous savez, les gens qui connaissent bien leur métier, il n'y en a pas beaucoup.

— Ne croyez pas ça.

— Je ne le crois pas, docteur, j'en suis sûr.

Il s'en alla après avoir vigoureusement serré la main d'Adrien, lequel demeura un moment pensif, soudain convaincu qu'il fallait aussi savoir faire confiance aux forces mystérieuses de la vie.

9

Il avait espéré prendre deux semaines de congés en août, mais il n'avait pas trouvé de remplaçant. Ils étaient peu nombreux, les internes de dernière année qui avaient envie, en cette saison, de travailler à la campagne où, compte tenu des vacances des uns et des autres, les médecins de service étaient débordés. Il avait cependant réussi à fermer le cabinet trois jours à partir du 15 qui tombait un mercredi, à condition d'être de garde le week-end suivant, c'est-à-dire les 18 et 19 août. Il s'était réjoui de ce répit qu'il comptait passer près de Mylène, en se reposant enfin, téléphone coupé, dans la maison de Saint-Victor, mais sa mère lui avait téléphoné le 13, en lui demandant s'ils pouvaient venir le 15, avec son père, car cela faisait longtemps qu'ils ne l'avaient pas vu.

— J'apporterai ce qu'il faut et je préparerai à manger, avait-elle ajouté. Ne t'occupe de rien.

Comment refuser ? Cette maison lui appartenait, et, de fait, ils ne s'étaient pas vus depuis trois mois. Adrien avait annoncé la nouvelle à Mylène qui avait proposé de quitter les lieux, mais il avait refusé.

— Il faudra bien qu'ils fassent ta connaissance un jour, alors pourquoi pas mercredi ?

Il l'avait prise dans ses bras, avait ajouté :

— Je te rappelle que tu es divorcée depuis le 25 juillet. Tu es libre, désormais, de vivre avec qui tu veux. Mais tu es libre aussi de rencontrer mes parents ou pas. C'est toi qui décides.

Mylène avait accepté, mais quand la BMW des parents d'Adrien se gara devant la maison, à onze heures, le 15, tous deux se sentirent plutôt mal à l'aise de devoir partager leur refuge secret. Après avoir embrassé ses parents, Adrien se tourna vers Mylène demeurée discrètement sur le seuil en disant :

— Je vous présente Mylène.

Le moment de surprise passé, la mère d'Adrien s'approcha et l'embrassa tout à fait naturellement, comme si elle la connaissait depuis toujours.

— Bonjour, Mylène. Vous allez bien ?

— Très bien. Merci.

Le père d'Adrien s'approcha à son tour, et demanda avec un grand sourire :

— Alors, on s'embrasse ?

— Si vous voulez.

— Bien sûr !

Tous les quatre entrèrent, et finalement ce premier contact fut plus facile qu'Adrien ne l'avait redouté. Mylène aida la mère d'Adrien à préparer le repas, et Adrien servit l'apéritif à son père qui eut la délicatesse de ne lui poser aucune question sur cette Mylène tombée du ciel, et qui paraissait avoir ses habitudes dans cette maison. Pas même au cours du repas qui suivit, constitué de salades et de viande froide. Et pourtant il était visible que le père et la mère d'Adrien brûlaient de curiosité. Adrien eut pitié d'eux et expliqua sur un ton le plus neutre possible :

— Mylène travaille au cabinet avec moi. Elle est infirmière.

Cette précision parut suffisante aux uns et aux autres, d'autant qu'Adrien comprit que Mylène plaisait à ses parents par sa simplicité, son sourire et sa spontanéité. Il en fut heureux, non pas parce qu'il craignait leur jugement – il n'avait plus l'âge de leur demander la moindre autorisation –, mais parce qu'il n'avait pas du tout envie de voir s'assombrir ce premier jour de congé qu'il prenait depuis dix mois.

La conversation roula un long moment sur les travaux à effectuer dans la maison pour la rendre plus confortable, et la mère d'Adrien s'étonna du fait qu'il ne s'en soit pas encore occupé.

— Je n'ai pas eu le temps, répondit-il.

— Veux-tu que je m'en occupe, moi, depuis Limoges?

— Non, merci! J'ai trois jours de congé devant moi. Nous aurons le temps d'en parler avec Mylène.

Loin de les contrarier, cette réponse, au contraire, fit comprendre à ses parents que Mylène était peut-être entrée dans ces murs pour longtemps. Ils parurent s'en réjouir, et, dès que le repas s'acheva, ils eurent le bon goût de ne pas s'attarder.

— On est contents de voir que tout va bien, dit sa mère. On va vous laisser vous reposer. Vous devez en avoir besoin.

— C'est vrai, conclut Adrien. Mais vous pouvez rester encore un peu. Il fait si chaud dehors.

— J'ai la clim dans la voiture, tu le sais bien, précisa son père.

Adrien n'insista pas, et ils se retrouvèrent enfin seuls, Mylène et lui, dans la maison fraîche, alors qu'au-dehors les premiers effets d'une canicule se manifestaient. Ils évoquèrent à peine le repas, Mylène indiquant seulement qu'elle avait trouvé ses parents très aimables – et très attentionnés –, puis ils s'endormirent dans les bras l'un de l'autre malgré la chaleur.

Le soir, après avoir dîné des restes du midi, ils partirent en voiture et se dirigèrent tout naturellement, sans même se concerter, vers l'étang où Mylène l'avait conduit une fois. Et là, au sein de la nuit de velours qui s'étendait lentement, ils se baignèrent un long moment avant de s'échouer sur l'herbe de la rive, la tête tournée vers les étoiles qui s'allumaient une à une, profitant de cette première véritable halte dans leur vie, jusqu'à ce qu'un peu de fraîcheur tombe sur eux, les faisant frissonner.

Ils passèrent vite, ces trois jours, et Adrien ne songea même pas à s'occuper de l'agrandissement de la maison, dont il se dit, par manque d'énergie et de conviction, qu'en réalité il n'était peut-être pas nécessaire. Deux chambres, un petit bureau, une salle de séjour, une cuisine suffisaient amplement pour l'instant. C'était aussi l'avis de Mylène depuis le début, et elle n'en démordait pas. C'est à peine s'ils sortirent, du fait que la canicule s'était installée sur la région. Ils préférèrent demeurer à l'ombre des murs épais, lisant côte à côte, écoutant de la musique ou se réfugiant dans les draps frais du lit pour épuiser les forces qui les jetaient l'un vers l'autre sans avoir à se soucier de l'heure ou du téléphone.

Le retour à la réalité, le samedi 18, fut très pénible pour Adrien, à cause du manque de médecins et des problèmes provoqués par la forte chaleur chez les personnes âgées. De surcroît, il reçut les résultats de la coloscopie de la vieille dame qui l'avait alerté à trois heures du matin car elle perdait du sang. Il avait diagnostiqué des saignements dus à des hémorroïdes, mais elle souffrait bel et bien d'un cancer du côlon. C'est ce qu'avaient confirmé les examens, faisant mesurer à Adrien que, malgré les mois passés depuis son arrivée et l'expérience qu'il avait acquise, il n'était pas à l'abri d'erreurs de ce genre. Il en avait été ébranlé plus qu'il ne se l'avouait, mais il n'en avait pas parlé à Mylène. Seul il était, seul il demeurerait, puisque c'était le choix qu'il avait fait en venant à Châteleix. Il devait apprendre à vivre avec, et se montrer toujours plus vigilant : il n'y avait pas d'autre solution.

Cependant, il mesura encore davantage sa solitude quand il fut appelé, le dimanche 19, au chevet d'une jeune femme qui présentait des signes de confusion mentale et qui avait de la fièvre. Elle était manifestement déshydratée, et son état était très inquiétant. Il conclut qu'il valait mieux l'hospitaliser, mais il se heurta au régulateur qui n'était pas de son avis.

— D'après ce que tu me décris, ça peut se traiter à domicile, trancha la voix anonyme au bout du fil.

— Je ne crois pas ! objecta Adrien, qui était alerté par la fièvre de la jeune femme et par la chute dont elle avait été victime une heure auparavant.

— Elle souffre de la chaleur, comme tout le monde ! prétendit le régulateur.

— Non ! Il n'y a pas que ça.

Il y eut un profond soupir au bout du fil, puis :

— Écoute ! C'est le week-end du 15 août ! Les hôpitaux sont débordés par les personnes âgées en déshydratation, alors même si je t'envoie une ambulance, ta patiente attendra aux urgences. Installe-lui une perfusion à domicile.

— Il n'en est pas question ! répliqua Adrien, furieux. Tu sais très bien que si je n'ai pas une obligation de résultat, j'ai une obligation de moyens à mettre en œuvre. Et j'estime que cette femme a besoin d'être hospitalisée.

Il ajouta, devant le silence qui s'était établi à l'autre bout du fil :

— Et tu sais que notre conversation est enregistrée.

— Bon ! Je t'envoie une ambulance, mais elle n'est pas près d'arriver.

— Ça m'est égal, je reste auprès d'elle.

Pendant la demi-heure qui suivit, la patiente se mit à délirer un peu, et quand le secours arriva, elle avait plus de 40 de fièvre. En plus de la déshydratation, elle devait avoir une infection quelque part. Il avait passé son temps à la rassurer, mais il devinait un problème plus grave et il fut soulagé de la voir transportée dans l'ambulance, avant de repartir vers Saint-Victor où il n'eut même pas le temps de se réfugier. Il fallait aller constater un décès chez une dame dont le nom lui rappela quelque chose : Mme Crozat. Les pompiers se trouvaient sur place, prévenus par une voisine.

La vieille dame était allongée sur son lit, et juste à côté d'elle Adrien reconnut Jeannot, le lapin qu'elle avait voulu faire examiner, quelques semaines auparavant. Elle était morte, et le petit animal veillait sur elle, comme pour la protéger. Il lui avait survécu, alors que c'était pour lui qu'elle s'était inquiétée, pauvre femme dont le cœur était trop grand et trop fragile pour résister à la solitude qui l'accablait.

Adrien signa le certificat de décès, tandis que les pompiers tentaient de s'emparer de Jeannot qui se débattit, leur glissa entre les mains, et s'enfuit par la porte restée ouverte, sans doute à la recherche d'un secours que son vieil âge rendait indispensable à sa survie.

Peu après, Adrien fut appelé en pleine campagne pour secourir un homme qui se baignait dans un étang et avait subi un choc thermique après s'être exposé trop longtemps au soleil et avoir plongé dans l'eau sans précautions. Il avait été sauvé par deux jeunes gens qui se baignaient aussi, mais les pompiers, appelés en urgence, avaient du mal à le remettre sur pied et pensaient qu'il lui restait de l'eau dans les poumons. Le cœur était rapide et la tension très basse. Sa femme, assise à ses côtés, était encore sous le coup de l'émotion et pleurait. Adrien préféra ne pas prendre de risques et demanda aux pompiers de l'emmener à l'hôpital.

Il repartit, dut encore effectuer quatre visites pour des problèmes dus essentiellement à la chaleur, et la nuit tombait quand il arriva à Saint-Victor, en espérant que le téléphone n'allait pas sonner. Il eut un peu de répit jusqu'à minuit, puis il dut se remettre en route, accompagné par Mylène qui refusait de rester seule. Ils ne se couchèrent qu'à trois heures, épuisés, et, renonçant aux ébats qu'ils avaient espérés, ils s'endormirent en songeant qu'au matin il faudrait se lever pour repartir vers d'autres patients.

Deux jours plus tard, un soir, Adrien découvrit Marion qui attendait son tour, sous l'œil hostile de Mme Viguerie, et il en fut à la fois intrigué et inquiet. Est-ce que la jeune fille se sentait mal de nouveau, ou redoutait-elle quelque chose? Il se hâta de consulter l'homme qui devait passer avant elle, puis il la fit entrer, et il fut tout de suite rassuré par son sourire épanoui, l'éclat de ses yeux clairs et sa vivacité coutumière. Elle était belle et le savait. La familiarité qu'il avait laissée s'installer entre eux lui était agréable, et pour rien au monde il n'aurait pu la lui reprocher.

— Qu'est-ce que tu veux, mon bébé? demanda-t-il.
— J'aime bien quand tu m'appelles « mon bébé » !
— Alors? Qu'est-ce qui t'arrive?
— Tu devines pas?
— Non.

Elle hocha la tête plusieurs fois, comme pour manifester de la consternation face à tant de stupidité.

— J'ai un amoureux.
— Formidable! fit Adrien. Et comment s'appelle l'heureux élu? Tu peux me le dire?

Elle attendit quelques secondes pour le plaisir de le découvrir impatient, puis elle lança d'un air victorieux :

— Théo!
— Formidable! répéta Adrien.

— Ma *mother* ne sait pas que je suis là, hein ! On est d'accord ?

Il ne répondit pas, suspectant un piège.

— Alors, voilà, reprit Marion, il faut que tu me donnes la pilule.

— La pilule ? Mais quel âge as-tu ?

— J'ai l'âge, panique pas !

— Seize ans ?

— Ouais ! Mais on n'est plus au Moyen Âge : aujourd'hui on couche à douze ans. Pas comme vous les anciens, c'est fini, tout ça !

Et, comme Adrien ne réagissait pas :

— Réveille-toi ! On a passé l'an 2000 depuis longtemps !

— Toi aussi, t'as couché à douze ans ?

— Tu m'as bien regardée ? Pas folle, la guêpe !

Il respira profondément, soulagé, tout à coup, comme si Marion avait été sa propre fille.

— Alors ? Tu me la donnes, cette ordonnance ?

— Quel âge a-t-il, Théo ?

— Qu'est-ce que ça peut faire ? Il prendra pas la pilule à ma place.

Adrien réfléchissait le plus vite possible, mais il se sentait débordé par chaque réplique de la jeune fille.

— Et le sida ? Vous y avez pensé ?

— Panique pas ! Ça craint pas avec Théo ! Il est *clean*.

— Je préférerais que vous utilisiez des préservatifs.

— Ça va pas, non ? C'est trop pas, les capotes ! Et d'ailleurs, Théo il aime pas.

— Il a déjà essayé ?

— Les garçons, ils aiment pas ça.

Et, aussitôt, avec un air de défi machiavélique dans les yeux :

— Tu en mets, toi, avec Mylène ?

— Ça ne te regarde pas.

Puis, soudain suppliante, avec son plus beau sourire :

— Allez ! Sois cool ! Fais-moi plaisir ! N'oublie pas que j'ai failli mourir !

C'était la flèche du Parthe, qui le toucha plus qu'il ne l'aurait pensé.

— On t'a soignée comme il le fallait. Aujourd'hui, tu es guérie.

— Non ! Pas guérie ! En rémission, tu m'as dit.

— C'est pareil !

— Non ! Je suis allée voir sur le Web.

Il se sentait piégé, ne savait quelle résolution prendre, saisit la première branche qui lui parut assez solide :

— Et ta mère, qu'en dit-elle ?

Marion eut une moue de dépit, répliqua :

— C'est vraiment petit, ça ! Et pas digne de toi.

— Tu ne m'as pas répondu !

— Allez ! Je croyais qu'on était potes ! Que je pouvais compter sur toi.

— Tu peux compter sur moi. Tu le sais bien. Surtout pour t'éviter de faire des bêtises.

— Mais ça n'existe plus le sida ! C'est des histoires de vieux, ça !

— Certainement pas.

— Il y a des traitements aujourd'hui. C'est pas comme à ton époque.

— Mon époque ?

— Oui. Le vingtième siècle. Réveille-toi un peu ! On est au vingt et unième ! C'est terminé l'ère glaciaire ! On va dans les étoiles ! Allez ! Sois cool !

— Parles-en d'abord à ta mère !

— Ma mère, elle panique grave, tu le sais bien.

— Ce n'est pas anodin de prendre la pilule.

— Tu préfères que je fasse un gosse à seize ans ?

— Non ! Je préfère que tu utilises des préservatifs.

— Mais ça craint, ces petites bêtes en caoutchouc ! Allez ! Sois sympa, quoi !

Il finit par trouver une ultime parade, mais il n'en fut pas fier :

— Écoute, je préfère ne pas prendre ce risque : la pilule a beaucoup de conséquences au niveau hormonal, et entraîne des réactions importantes dans l'organisme. Je ne voudrais pas qu'elle provoque chez toi une modification du système immunitaire qui a combattu le lymphome.

Il n'était pas du tout certain de ce qu'il avançait, et il eut du mal à croiser le regard de Marion qui murmura :

— Je serai jamais normale, quoi !

— Mais bien sûr que si ! On en reparlera dans un an. En attendant, fais comme je t'ai dit.

Marion se replia un peu sur elle-même, souffla :

— C'est dégueulasse.

— Mais non ! Explique ça à Théo et il comprendra.

Adrien ajouta aussitôt :

— Je suis sûr que c'est un type formidable.

— Ouais ! fit-elle. T'es le genre de type à vendre du sable à un Touareg, toi !

Il soupira, reprit :

— Dans un an, tu pourras faire tout ce que tu voudras.

— M'envoyer en l'air avec qui je veux ?

— Oui.

— Même avec toi ?

— Non ! Pas avec moi. Je suis trop vieux.

— Lol ! conclut-elle, mais en souriant pour lui montrer qu'elle ne lui en voulait pas.

Elle l'embrassa avant de partir, et il demeura un moment immobile derrière son bureau, les yeux dans le vague, se demandant s'il avait vraiment le droit d'interdire quoi que ce soit à une enfant trop vite grandie, et qui, comme elle l'exprimait avec tant de candeur, avait failli perdre la vie.

La chaleur tomba brutalement une semaine plus tard, soufflée par un violent orage qui, de nuit, fit des dégâts sur la maison de Saint-Victor. Au matin, quand ils se levèrent, Mylène et Adrien constatèrent que deux fuites d'eau coulaient du toit, l'une sur le carrelage de la cuisine, l'autre dans la salle de séjour. En sortant aussitôt, ils s'aperçurent que des tuiles avaient été arrachées par la bourrasque, et, comme ils étaient pressés et incapables de s'occuper du problème, ils passèrent chez le maire qui, heureusement, leur promit de trouver un couvreur rapidement.

La journée commençait mal, et elle ne fit qu'empirer, malgré la température devenue plus clémente, les conséquences de la canicule des jours précédents s'accumulant. De surcroît, à dix heures, alors qu'il était en route pour une visite loin de Châteleix, Mme Viguerie lui communiqua par téléphone les résultats d'analyses d'un homme reçu en consultation récemment, et qui apparaissaient inquiétants à cause d'une diminution de la clairance de la créatinine et des fuites massives de protéines dans les urines : une pathologie qui pouvait déboucher sur une maladie chronique, très grave, des reins. Adrien prit aussitôt rendez-vous pour ce patient au CHU auprès d'un néphrologue et il téléphona lui-même à l'homme, âgé d'une trentaine d'années, afin qu'il passe au cabinet avant la fin de la journée. Il ne cessa d'y penser jusqu'au repas de midi, au cours duquel il en fit la confidence à Mylène.

— Quel âge a-t-il ? demanda-t-elle.

— Trente ans.

— Tu ne t'y attendais pas ?

— Il était très fatigué, avait une tension très élevée, et il trouvait du sang dans ses urines depuis quelque temps.

Il ajouta, après un soupir :

— C'est pourtant un sportif. Il a fait des compétitions de cyclisme, m'a-t-il dit.

Il se dépêcha de déjeuner, afin de recontacter le néphrologue de l'hôpital à qui Mme Viguerie avait communiqué les premiers résultats d'analyses. Mylène, de son côté, fit un saut à Saint-Victor pour vérifier qu'un couvreur était bien intervenu, ce qui était le cas : elle le trouva avec son apprenti sur le toit.

— Il faut que je vous parle, lança l'artisan du haut de son perchoir. Votre toiture est en très mauvais état.

— Ce soir, s'il vous plaît, répondit-elle. Il faut que je reparte, j'ai du travail.

Elle n'en dit rien à son retour à Adrien, lequel

venait de reposer son téléphone après avoir parlé avec le néphrologue. Il fallait hospitaliser le jeune homme le plus vite possible, afin de procéder à une échographie et à une ponction biopsie rénale.

Une heure plus tard, Adrien trouva l'homme en question dans sa salle d'attente. Il était grand, brun, mince, les cheveux frisés, le regard noir, et rien, au premier abord, ne trahissait une maladie grave. Seuls ses yeux brillaient d'une fièvre qu'accentuait sans doute l'inquiétude qui l'oppressait.

— Asseyez-vous, je vous en prie ! dit Adrien dès qu'ils furent seuls dans son bureau.

Il devinait le jeune homme crispé, il hésitait, et ce fut le malade qui demanda :

— Que se passe-t-il ?

— Vous allez être hospitalisé, dit Adrien, contrarié de devoir apprendre lui-même la vérité au malade.

— Pourquoi ?

— Les résultats de vos analyses ne sont pas bons du tout.

— Je m'en doutais un peu. Cela fait trois mois que je ne peux plus monter sur un vélo. Et le matin, je ne parviens plus à me lever, tellement je suis fatigué.

Puis, aussitôt :

— J'ai dû attraper une saloperie au Maroc, au printemps dernier.

— Vous avez séjourné longtemps là-bas ?

— Non ! Une semaine. Mais c'est à mon retour que je ne me suis pas senti en forme.

— Je ne crois pas que ce séjour soit en cause, dit Adrien.

Tout en réfléchissant, il attendit quelques secondes avant de demander :

— Vous avez toujours du sang dans les urines ?

— Oui.

Il prit la tension du jeune homme : elle était très élevée. Il lui revint alors à l'esprit les théories défendues par les patrons de médecine au sujet de savoir s'il fallait dire la vérité aux patients et comment. Pas d'unanimité en la matière : avant, on ne la livrait jamais, ensuite il avait été admis qu'il valait mieux tout dire, et depuis quelques années on estimait qu'il fallait inciter le malade à parler, le sonder, pour deviner s'il désirait la connaître ou pas. Mais Adrien s'était souvent rappelé ces principes sans parvenir à définir quel était le meilleur. Pas plus que ses collègues, au demeurant. En fait, cela dépendait surtout de l'état d'esprit du moment, à la fois celui du médecin et celui du malade – des circonstances aussi, souvent. Mais à un malade qui voulait vraiment savoir, qui posait des questions précises, il ne fallait pas refuser la vérité.

Ce fut le cas, cet après-midi-là, quand le jeune homme demanda sans la moindre hésitation :

— Qu'est-ce que j'ai, exactement ?

— Il faut faire des examens supplémentaires. Vous allez rentrer au CHU demain.

— Ce qui signifie, en clair ?

— Le néphrologue va procéder à une échographie et à une ponction biopsie rénale.

— C'est si grave que ça ? fit le jeune homme, avec, pour la première fois depuis qu'il était entré, une fêlure dans la voix.

— Ça peut être grave, mais on va vous soigner.

— Quelles sont les chances de guérison ?

— Je ne peux pas répondre à cette question aujourd'hui.

L'homme parut accuser le coup, mais il demanda une nouvelle fois :

— Combien de chances ? Vous me devez bien ça, après ce que vous venez de m'apprendre.

— Seul un spécialiste pourra vous répondre. Mais il faudra huit jours avant d'avoir les résultats de la ponction et d'établir un vrai diagnostic.

Adrien ajouta aussitôt :

— Vous êtes jeune et vous êtes un sportif. Vous avez plus de chances de guérir que n'importe qui.

Le jeune homme demeura silencieux un long moment, essayant sans doute d'intégrer la nouvelle, mais Adrien comprit qu'il avait affaire à un caractère fort, quand il se redressa brusquement :

— Ça prendra combien de temps ? fit-il.

— Je ne sais pas.

— Mais ça veut dire quoi, ça ? J'ai besoin de savoir, moi, pour mon travail !

— Vous allez devoir mettre votre travail de côté pendant quelque temps.

— Je ne peux pas.

— Qu'est-ce que vous faites comme métier ?

— Je travaille dans l'informatique, mais à mon compte. Je ne peux pas m'arrêter, sinon je perdrai ma clientèle.

— Vous n'avez pas d'assurance ?

— La Sécurité sociale, comme tout le monde, et une mutuelle, mais vous savez comme moi qu'il y a un délai avant la prise en charge.

— Oui, je sais, dit Adrien. Mais il n'y a pas moyen d'agir autrement.

Il y eut un silence, puis :

— Vous êtes marié ?

— Oui.

— Votre femme ne travaille pas ?

— Si.

— Vous avez des enfants ?

— Deux. Un garçon et une fille.

À cette évocation les yeux du jeune homme s'embuèrent, mais il se reprit aussitôt, quand Adrien déclara :

— Rentrez au CHU dès demain. Le néphrologue est au courant. Il vous attend.

Adrien hésita, puis il ajouta, tout en sachant que sa proposition était dérisoire :

— Je peux aussi vous prescrire des calmants pour que vous puissiez dormir.

— Je n'ai jamais eu besoin de béquilles, et ce n'est pas aujourd'hui que je vais commencer.

— Bien ! fit Adrien, étonné de la force de caractère de cet homme qui s'en alla en le remerciant pour sa franchise.

Il avait rarement vu une telle énergie, une telle dureté, et il en garda un long moment une sorte de malaise en mesurant à quel point les individus pouvaient être différents. Mais en réalité, il se demandait si ce genre d'homme, à la violence à fleur de peau, et qui semblait n'avoir peur de rien, n'était pas capable de la retourner contre lui-même. Et c'est avec cette pensée inquiétante, mêlée au remords d'avoir été si direct, qu'il passa l'après-midi, jusqu'à ce que, à six heures, il eût l'heureuse surprise de découvrir Daniel dans la salle d'attente.

C'était un Daniel différent, souriant, qui s'était laissé pousser la barbe, et qui s'excusa, comme à son habitude, de venir le déranger.

— C'est l'ami, non le médecin, que je viens voir, dit-il en s'asseyant en face d'Adrien.

Et il reprit aussitôt :

— Car vous êtes mon ami, n'est-ce pas ?

— Mais oui, répondit Adrien. Comment allez-vous ?

— Mieux. Et même bien, je crois pouvoir le dire.

— Je m'en réjouis. Vous êtes rentré quand ?

— Il y a trois jours.

— Et vous vous sentez bien, donc ? Vous avez pu oublier et repartir, c'est l'essentiel !

Daniel eut un faible sourire :

— J'ai compris que ce n'était pas une femme pour moi. Je me suis fait des illusions, mais il faut savoir reconnaître ses erreurs.

Il ajouta, du bout des lèvres :

— Elle était hors d'atteinte pour mon humble personne.

— Allons ! Allons ! Il ne faut pas vous sous-estimer ainsi.

— Mais si. C'est vrai.

Daniel parut scruter le regard d'Adrien, comme s'il hésitait à se confier davantage, puis :

— Je le sais d'autant mieux que j'ai rencontré à l'hôpital une personne qui... comment puis-je dire ? qui respire à ma hauteur.

— C'est bien ! fit Adrien.

— Et je puis avouer que nous avons beaucoup sympathisé.

— Et comment s'appelle-t-elle ? Vous pouvez me le dire ?

Daniel baissa les yeux comme un enfant pris en faute :

— Éléonore.

— Est-elle jolie ?

— Non. Bien mieux que ça : elle est charmante.

Adrien s'assombrit en songeant qu'une rencontre en milieu psychiatrique était rarement suivie d'effet. En général, elle ne résistait pas à la dureté du choc consécutif au retour à la réalité de la vie. Il le savait depuis son stage à Esquirol, mais il n'en révéla rien à Daniel qui souriait en poursuivant :

— Elle est sortie huit jours avant moi, et nous avons rendez-vous lundi prochain. C'est pour cette raison que je suis venu vous voir.

— Ça vous inquiète ?

Daniel attendit un instant avant de répondre d'une voix blanche :

— J'ai très peur.

— Mais non ! Il ne faut pas. Elle a connu les mêmes problèmes que vous, elle vous ressemble.

Adrien ajouta, le regrettant aussitôt :

— Je suis sûr qu'elle a besoin de vous autant que vous avez besoin d'elle.

— Vous croyez ?

— Mais bien sûr !

Comment pouvait-il se montrer si catégorique ? Et de quel droit ? Il n'avait qu'un désir : venir en aide à cet homme pour qui la réalité de la vie était trop dure, trop compliquée, et en même temps, il se le reprochait de peur de le diriger vers une voie sans issue.

— Je crois que vous avez raison, dit Daniel. Je peux l'aider, lui faire du bien.

— Je crois aussi.

— Je connais le fond de son cœur : il est comme le mien. Dès lors, comment pourrions-nous être déçus l'un par l'autre ?

— N'hésitez pas. Allez à ce rendez-vous avec confiance.

Daniel se redressa, murmura :

— Merci, mon ami !

— De rien, mon ami !

Il se leva, serra la main d'Adrien avec une effusion sincère, mais il se retourna une dernière fois avant de franchir la porte :

— Pensez-vous que je doive l'emmener au restaurant ?

— Il vaudrait peut-être mieux la recevoir chez vous. Ce serait plus simple, plus intime.

— Vous avez raison. Merci encore.

Et il disparut, laissant Adrien amusé mais heureux de cette rencontre qui le réconciliait, d'une certaine manière, avec les soucis simplement quotidiens, éloignés des maladies sans espoir.

Ce soir-là, de retour à Saint-Victor, même les conclusions pessimistes du couvreur au sujet de la toiture ne l'atteignirent pas.

— Il faudrait la remplacer entièrement. Les tuiles sont trop vieilles ! assura l'artisan.

— Eh bien, remplacez-la ! dit-il.

— Mais je suis débordé.
— Eh bien ! Quand vous pourrez !

Ils rirent de cet échange avec Mylène au cours de leur repas du soir, puis, au lieu de se coucher tôt, ils sortirent dans le soir tombant, et descendirent vers le ruisseau, qui, devant la maison, au bas d'un pré en pente, coulait paisiblement. L'herbe sentait bon grâce à la pluie de la veille, et ils s'assirent un moment sur un vieux tronc coupé, posé à même la rive. Une somme d'émotions fortes submergea tout à coup Adrien.

— C'est là que j'ai pris ma première truite, et c'est là aussi, dans ce petit trou d'eau, que je venais me baigner en été, dit-il à Mylène.

Il poursuivit, comme elle ne répondait pas :

— Ma grand-mère ne me quittait pas. Elle s'asseyait dans le pré, là, juste derrière nous, sous ce chêne.

— Ce n'est quand même pas pour cette raison que tu as voulu revenir ici ? Pas seulement pour elle ?

— Non ! Pas seulement pour elle.

Il réfléchit un instant, puis :

— Je suis revenu parce que, à part toi, j'ai la sensation qu'il ne s'est rien passé dans ma vie depuis que j'ai quitté ces lieux.

Il reprit, après un soupir :

— Je veux dire rien d'essentiel, rien qui puisse me consoler de n'avoir plus huit ans.

Il rêva encore un moment, observant l'eau qui cascadait dans l'ombre, avec de vifs éclairs qui semblaient exactement les mêmes à Adrien que vingt ans auparavant. Il l'expliqua à Mylène, avec un sourire qui portait toute la mélancolie du monde, ajouta :

— Je ne sais plus quel philosophe a écrit : « Le temps est un enfant qui joue... » Il avait raison.

Ils ne parlèrent plus. Le soir tombait, lourd de parfums mouillés, dans des froissements de soie dépliée. Adrien se sentait à présent incapable de se lever. Dix minutes plus tard, ce fut Mylène qui le prit par le bras et l'entraîna vers la maison dont ils apercevaient à peine, là-haut, la silhouette fragile qui se découpait sur une frange de ciel plaquée comme un miroir sur le velours de la nuit.

10

Un an ! Cela faisait un an qu'il s'était installé à Châteleix et avait retrouvé la maison de Saint-Victor, et cependant il lui semblait qu'il n'y avait qu'un mois, tant il avait été pris par son travail, ses malades, les misères et les grandeurs des hommes, des femmes et des enfants sur lesquels il se penchait. Il n'y avait nul regret en lui, simplement toujours cette obsession de ne pas se tromper, de ne pas faillir à la confiance de ceux qui s'en remettaient à lui.

Les arbres se couvraient de nouveau d'or et de cuivre, de vermillon et de jaune citron, délivrant une nouvelle fois leurs plus beaux apprêts avant le grand sommeil de l'hiver. Et si la mort n'était que cela ? se demandait Adrien, en les contemplant depuis sa voiture : un grand sommeil avant un nouveau printemps, une nouvelle vie ? « Nous sommes aussi la nature », avait-il lu dans un livre de Jim Harrison. Nous sommes nés de la terre et des étoiles. Comme eux, comme tout ce qui vit et tout ce qui meurt.

Il était dix heures du matin, et en roulant à travers la campagne flamboyante, il se moquait de lui-même

– de ce qu'il appelait dans ses moments de lucidité « sa philosophie de bazar ». Mais pourtant il y avait du vrai, sans doute, dans ce raisonnement simpliste, qui, de toute façon, chaque fois qu'il le sollicitait, lui faisait du bien. Dès lors, pourquoi aurait-il dû y renoncer ?

Il se rendit compte qu'il passait près de la maison du paysan qui avait souffert d'une tumeur au cerveau et qui était mort quinze jours auparavant. Adrien l'avait revu une fois peu avant sa disparition : l'homme était toujours aussi fataliste et ne se plaignait pas, malgré la douleur provoquée par les métastases apparues dans son cerveau. Il s'inquiétait seulement pour son épouse qui allait rester bientôt seule.

— Que voulez-vous ? avait-il soupiré. J'ai fait mon temps.

Adrien avait vaguement évoqué un nouveau traitement, mais le paysan avait simplement répondu :

— Je suis certain qu'une fois mort, on ne souffre pas. J'aurai au moins gagné ça.

Une semaine plus tard, il décédait et Adrien avait signé le certificat devant l'épouse accablée, qui le remerciait avec une humilité touchante des soins et de l'attention prodigués à son mari. Adrien avait promis de repasser la voir chaque fois qu'il le pourrait, mais ce matin il ne se sentait pas la force de s'arrêter. Il n'avait d'ailleurs pas le temps, car il avait été appelé en urgence dans un bois proche de Bénévent, où un homme venait d'être blessé par balle au cours d'une battue.

Il avait été transporté en lisière par ses compagnons de chasse – des hommes pour la plupart âgés, vêtus de chasubles jaunes et orangées, penauds et consternés.

Le blessé était adossé au tronc d'un chêne, et respirait difficilement sous ses vêtements épais, qui comprimaient son abdomen. Adrien défit les boutons et les fermetures éclair, découvrit le sang qui suintait un peu au-dessous de l'épaule gauche.

— La balle a ricoché sur un arbre, affirma une voix rogue dans son dos. Je n'ai pas tiré dans sa direction. Je ne suis pas fou, tout de même !

Adrien ne se retourna même pas. Il n'aimait pas la chasse, même s'il comprenait que des battues étaient nécessaires pour réguler la prolifération des chevreuils et des sangliers. Son souci, à l'heure présente, était de savoir si le poumon avait été touché. Il prit la tension : un peu basse, mais ce n'était pas étonnant avec l'hémorragie qui s'était déclenchée. Il ne conclut pas à un poumon perforé : l'état général aurait été plus dégradé. Il posa une perfusion, et les pompiers arrivèrent à ce moment-là, prévenus par l'un des chasseurs qui faisait partie de la compagnie.

— Transportez-le à l'hôpital, dit-il, il a une balle dans l'épaule. Je ne pense pas que ce soit trop grave.

Il était sur le point de s'en aller quand les gendarmes arrivèrent à leur tour. Il leur fit son rapport au milieu des chasseurs qui semblaient se méfier de lui. Pourquoi donc ? se demanda-t-il avec contrariété. Parce qu'ils avaient dérogé aux règles bien définies d'une battue ? Adrien s'en moquait. De toute façon, la plupart d'entre eux connaissaient le brigadier. Qu'ils se débrouillent, se dit-il en repartant vers sa voiture, agacé d'être retardé dans ses visites du matin, à cause d'une imprudence coupable et d'une pratique qu'au fond de lui, il réprouvait.

Il avait rendez-vous à onze heures dans le village de Barsanges avec la sœur d'un homme de quarante ans pour qui les dialyses ne suffisaient plus. Le malade avait sollicité Adrien afin qu'il demande à sa sœur – sa seule famille – de procéder à des tests pour savoir si elle était compatible et si elle accepterait, en cas de nécessité, de lui donner un rein. Contactée par Mme Viguerie, elle avait refusé de venir au cabinet, prétextant un travail trop prenant. En réalité, elle tenait un petit commerce de café-tabac qui survivait difficilement.

Dès qu'il la découvrit derrière son comptoir, l'air revêche, une serviette à la main, surveillant d'un regard torve les deux vieux qui sirotaient leur verre de vin blanc, Adrien comprit que la partie ne serait pas facile. Elle le salua du bout des lèvres, lui fit signe de la suivre dans l'arrière-salle, mais ne lui proposa pas de s'asseoir. Il lui expliqua en quelques mots de quoi il s'agissait : son frère était très malade, il allait sans doute avoir besoin d'une greffe, elle était sa sœur et pouvait peut-être l'aider. Il lui suffisait de se prêter à des examens pour voir si elle était compatible, ce qui ne lui prendrait pas trop de temps.

— Je suis fâchée avec mon frère, répondit-elle aussitôt, et je n'ai pas l'intention de l'aider en quoi que ce soit.

De forte corpulence, rousse, les yeux verts, le visage crispé par la décrépitude de son petit commerce, un peu plus âgée que son frère, elle personnifiait ce qui pouvait exister au monde de plus obtus, et il pensa au vers de Baudelaire : « la bêtise au front de taureau ».

— Si on ne trouve pas un donneur compatible, il peut mourir, votre frère.

— Ce n'est pas de ma faute.

— Bien sûr ! Mais il était important que vous le sachiez.

— Pourquoi ?

— Parce que vous pouvez le sauver.

Elle réfléchit un instant, puis demanda :

— À supposer que je sois compatible, comme vous dites, je devrais passer combien de jours à l'hôpital ?

— Pas plus de quarante-huit heures, je crois.

— Et qui tiendra mon commerce en attendant ?

— Je ne peux pas répondre à cette question, madame.

De nouveau silencieuse, elle remuait probablement dans sa tête des projets de compensation financière, mais elle ne s'aventura pas sur ce terrain-là, et dit simplement :

— S'il a besoin de moi, il faut qu'il vienne me le demander.

— Et s'il vous le demande, vous accepterez ?

— Ça dépendra.

— Vous pouvez me dire de quoi ?

— Non !

C'était la première fois qu'Adrien se heurtait à une telle attitude, et il en était exaspéré. Refusant de s'attarder, il ajouta :

— Je vais donc lui communiquer votre souhait, et je vous tiendrai au courant si vous le permettez.

— C'est ça ! Au revoir, docteur !

Il s'en alla sans lui serrer la main, persuadé qu'il n'y avait pas de solution de ce côté-là mais décidé cependant à téléphoner au malade pour lui faire part de sa démarche. Il n'eut d'ailleurs pas la patience d'attendre d'être rentré au cabinet, car il voulait libérer son esprit de ce problème qui le préoccupait.

Il s'arrêta au bord de la route, appela le frère, qui décrocha aussitôt et répondit après l'avoir écouté :

— Ça ne m'étonne pas d'elle. Elle a deux ans de plus que moi et elle n'a jamais accepté de me voir réussir alors qu'elle dépérit dans son bistrot où plus personne ne va.

— Elle exige que vous le lui demandiez vous-même.

— Certainement pas ! C'est hors de question !

— Réfléchissez quand même. Avec une greffe, vous avez de fortes chances de vous en sortir.

— Je le sais parfaitement.

Adrien raccrocha et descendit de voiture pour marcher un peu dans un chemin de terre qui partait entre des châtaigniers. Est-ce que c'était bien à lui d'effectuer ce genre de démarche ? Évidemment non ! Alors pourquoi s'engageait-il dans ces voies sans issue, qui, de plus, lui faisaient perdre un temps précieux ? Bonne question, à laquelle il aurait été important de répondre, mais il n'en avait pas envie du tout. De fort méchante humeur, insensible aux couleurs cuivrées du sous-bois, il repartit et passa la matinée à ruminer ce souci, dont il ne put s'empêcher de parler à Mylène à midi.

— Cette femme n'est pas forcément mauvaise, lui dit-elle, mais tu sais, la vie est difficile, ici, pour beaucoup de personnes.

— Il s'agit de sauver son frère, tout de même !

— S'il le lui demande, elle le fera.
— Tu crois?
— J'en suis certaine. Les petites gens n'ont besoin que de petites vengeances. C'est peu de chose, un coup de téléphone pour compenser une vie sans espoir et sans lumière.
— Il n'acceptera jamais.

Mylène réfléchit un instant, reprit avec un sourire énigmatique:
— Tu devrais en parler à ta deuxième mère.
— Mme Viguerie?
— Mais oui, tu n'en as qu'une.
— Et pourquoi donc?
— Elle connaît tout le monde, ici, et tous les secrets depuis longtemps enfouis.
— Fais-le pour moi, s'il te plaît. Je ne tiens pas à entrer dans cette arène, je mène assez de combats comme ça.
— Et si je le fais, qu'est-ce que tu me donnes en échange?
— Tout ce que tu voudras.
— Dès la nuit prochaine?
— Tout de suite, si tu veux.
— Dans ce restaurant?
— Non. Dans un cabinet de médecin.
— Allons-y! Mais je te préviens, ça va te coûter cher!

Passé cet intermède au demeurant délicieux, les consultations de l'après-midi furent semblables à celles du matin, c'est-à-dire éprouvantes. Notamment avec cet homme d'une soixantaine d'années qu'il n'avait jamais vu. Dès qu'il fut assis face à lui, pourtant, Adrien reconnut un alcoolique et ne fut pas surpris quand l'homme, très rouge, des poches sous les yeux, les mains tremblantes, lui confia avoir mal au côté droit – là, ajouta-t-il en montrant un point sous les côtes avec une grimace de douleur. Il demeurait souriant, cependant, pas du tout agressif ni inquiet. Rond, chauve, les yeux couleur de châtaigne, il n'était venu que sur la recommandation de son épouse.

— Vous consommez beaucoup d'alcool ?

— Non ! répondit l'homme avec assurance. Je ne bois que du vin.

La stupeur passée, Adrien demanda :

— Le vin, ce n'est pas de l'alcool ?

— Non ! C'est du vin.

— Ce n'est pas la même chose ?

— Bien sûr que non !

Interloqué, Adrien réfléchit quelques secondes, puis :

— Vous en buvez beaucoup ?

— Non.

— Mais vous pouvez préciser, peut-être.

— Oh ! Je compte pas, fit l'homme, mais à peu près trois litres.

— Par semaine ?

— Non ! Par jour !

Adrien le dévisagea, stupéfait, comme s'il avait mal entendu.

— Trois litres par jour ? C'est bien ce que vous me dites ?

— Mon père en buvait quatre, alors vous voyez, j'en suis loin.

— Et il est mort de quoi, votre père ?
— On n'a jamais bien su. Il délirait un peu, à la fin, mais il n'était pas malade.

Adrien ne parvenait pas à réaliser ce qu'il entendait. Il observait l'homme avec une sorte de stupéfaction amusée, ce qui ne semblait pas le perturber, parce qu'il ajouta :

— Je bois aussi quelques apéritifs et un digestif de temps en temps.
— De temps en temps ?
— Oui. Le dimanche.
— Tous les dimanches, donc.
— À peu près. Je contrôle pas.
— Et c'est tout ?
— Oui, c'est tout. Mais vous savez, le vin, c'est celui de ma vigne. Il fait à peine huit degrés d'alcool.
— Ah bon ? Vous me rassurez ! fit Adrien, toujours aussi incrédule et amusé.

L'examen lui montra qu'il s'agissait ni plus ni moins d'un début de cirrhose, ce qui emplit l'homme d'indignation.

— C'est pas possible ! Vous devez vous tromper ! s'exclama-t-il avec une évidente sincérité.
— Nous allons faire un bilan hépatique, comme ça nous serons fixés.

L'homme se rhabilla lentement et en maugréant, comme s'il se sentait accusé injustement des pires maux, puis il paya en ayant perdu son sourire, tandis qu'Adrien rédigeait son ordonnance. Après quoi l'indigné se leva, et, encore étonné par un diagnostic qui lui paraissait infondé, il demanda une nouvelle fois :

— Vous êtes sûr, docteur ? Une cirrhose, vous vous rendez compte ? Avec du vin de ma vigne ?

— Nous allons vérifier. Nous nous reverrons dès que j'aurai reçu les résultats de l'échographie du foie.

L'homme s'en alla en remettant sa casquette, offusqué comme s'il avait été abreuvé des pires insultes, persuadé d'avoir eu affaire à un jeune médecin qui devait encore apprendre son métier.

Le lendemain, en fin de matinée, Adrien fut appelé dans une ferme isolée, en haut d'une colline, où conduisait un chemin de terre creusé d'ornières, à peine praticable. Quand il arriva dans la cour encombrée de multiples machines hors d'usage et d'outils abandonnés, il vit surgir trois énormes chiens que suivit bientôt un homme paralysé sur un chariot.

— *S*ont pas mé*ss*ants ! lança cet homme quand les animaux montrèrent les crocs au moment où Adrien ouvrait la porte de son quatre-quatre.

— Renvoyez-les, s'il vous plaît !

— *C*oussés ! cria le paralytique, sans aucun effet sur les chiens qui vinrent sentir les mollets d'Adrien pas du tout rassuré.

Puis, comme s'ils considéraient qu'il n'était d'aucun danger pour leur maître, ils reculèrent de quelques pas.

— *S*'êtes le docteur ?

— Oui. C'est moi.

— C'est pas pour moi, la visite, c'est pour mon frère. Il est *c*ou*ss*é.

Il ajouta, d'un geste en direction de sa poitrine :

— Moi, suis *S*oseph. Mon frère, c'est Léon. *S*ais

pas ce qu'il a, il s'est coussé, hier, et il peut pas se relever.

— Conduisez-moi. On va voir ça.

Le paralytique avait des bras énormes dus à la manipulation des roues de son chariot, et il se déplaçait avec agilité, sans doute par la force de l'habitude. Il précéda Adrien dans une grande salle à manger à l'ancienne dont le plancher était souillé de quelques déjections, probablement celles des deux poules qui y avaient élu domicile. Une grande table en bois brut en occupait le centre, faisant face à une cheminée au manteau de pierre, où un maigre feu s'épuisait entre deux landiers de fonte.

— Suivez-moi ! fit Joseph.

On y voyait à peine, dans ce couloir aux murs d'un beige passé, qu'une chiche lumière prétendait, mais en vain, éclairer. Le paralytique ouvrit une porte avec un cri de victoire à l'adresse d'un homme couché :

— Léon ! C'est le docteur !

Le spectacle de cette chambre était accablant de misère, avec ses draps sales, son vieux lit aux pieds branlants, ses vêtements accumulés dans un coin, sa lampe de chevet du milieu du siècle dernier, son édredon rouge qui laissait apparaître quelques plumes, son plancher, enfin, crevé dans un angle.

— Bonjour, monsieur, fit Adrien en s'approchant du lit.

L'homme qui y gisait avait les traits défaits, était en sueur, et tentait de se redresser un peu sur son oreiller posé sur un traversin de couleur douteuse.

— Léon Bosredon, dit-il d'une voix brisée, en tendant une main humide à Adrien, qui la prit pourtant sans hésitation.

Il savait qu'un tel contact, quels qu'en fussent les risques, était important pour comprendre, évaluer la situation, aider au diagnostic, et il ne s'y refusait jamais.

Le malade lui désigna une chaise de paille en aussi mauvais état que le reste du mobilier, et ordonna à son frère de les laisser seuls. Le paralytique s'éloigna de mauvaise grâce, mais sans refermer la porte.

— Vous vivez tous les deux ici ? demanda Adrien. Vous n'êtes pas marié ?

— Non.

— Quel âge avez-vous ?

— Soixante-deux ans.

— Et votre frère ?

— Cinquante-cinq.

— Vos parents sont morts ?

— Oh ! Oui. Il y a longtemps. Ma mère en donnant le jour à Joseph, et mon père quatre ans après.

— Vous n'avez pas trouvé à vous marier ?

— Comment faire ? Je pouvais pas laisser mon frère seul.

Il soupira, ajouta :

— J'ai eu une fiancée, mais quand elle a compris qu'il faudrait vivre aussi avec lui, elle est partie.

— Oui, fit Adrien, je comprends… Et donc vous vous occupez de tout : du ménage, de la lessive, des repas.

— Joseph m'aide un peu, mais ce n'est pas facile pour lui.

— Alors ? Dites-moi ce qui vous arrive.

— Je suis de plus en plus fatigué et j'ai de plus en plus mal dans les articulations. Tenez, regardez ! Je peux à peine plier le bras, et ça me fait mal. Pareil pour les jambes. Je suis aussi très vite essoufflé et il me semble que mon cœur ne bat plus comme avant.

Adrien demeura pensif : une grippe en cette saison et avec ce beau temps sec et ensoleillé paraissait peu probable.

— Vous avez de la fièvre ?
— Non. Pas vraiment.
— Vous en avez ou pas ?
— Un tout petit peu, le soir.
— Combien ?
— 38 ou 39, ça dépend.

Il ausculta l'homme, qui était maigre mais noueux et musclé, prit sa tension : très basse. Le cœur était irrégulier.

— Il y a longtemps que vous êtes fatigué comme ça ?
— Oh ! Oui ! Ça a commencé il y a un an. Mais je me remue de plus en plus difficilement.
— Vous travaillez les champs ?
— Oui ! Mais je fais surtout de l'élevage. L'herbe est bonne ici, épaisse et grasse.

Une petite lampe venait de s'allumer dans l'esprit d'Adrien, lui rappelant quelque chose, mais quoi ? Il s'interrogea un moment, ne trouva pas, mais décida :

— Il faut faire des analyses de sang. Comme ça nous serons fixés.
— Vous croyez que c'est grave ?
— Je ne peux pas vous dire sans bilan sanguin.
— J'espère bien que non : qu'est-ce qu'il devien-

drait, Joseph, sans moi, paralysé comme il est, le pauvre ?

Adrien établit l'ordonnance, prescrivit des anti-inflammatoires, du Doliprane, et recommanda :

— Restez couché ! Je vous enverrai quelqu'un du labo, et je repasserai quand nous aurons les résultats.

Au moment de s'en aller, alors que le malade sortait d'un antique porte-monnaie un billet de vingt euros et de la monnaie, un mot surgit brusquement de sa mémoire et l'arrêta : Lyme. Maladie de Lyme. Il reprit l'ordonnance, la compléta en demandant un dépistage à ce sujet, puis il serra la main du malade, et repartit accompagné par Joseph, très inquiet, et les trois cerbères noirs comme la nuit.

— C'est pas grave ? demanda le paralytique à l'instant où Adrien ouvrait la porte de la voiture.

— Ne vous inquiétez pas, répondit-il. On va le soigner.

— Ah ! Bon ! fit Joseph, qui suivit la voiture de toute la force de ses bras jusqu'à l'extrémité de la cour, toujours accompagné par les chiens qui aboyaient pour chasser l'intrus.

Quelques jours plus tard, le bilan confirma le soupçon d'Adrien : il s'agissait bien de la maladie de Lyme, transmise par une tique qui se trouvait dans l'herbe ou dans les feuilles. C'est quand le malade avait parlé d'herbe épaisse et de douleurs dans les membres que la petite lumière s'était allumée dans la mémoire d'Adrien. Comme quoi, il fallait bien écouter un malade ! Chaque mot prononcé comptait, Adrien le vérifiait une nouvelle fois. Avec un traitement par antibiotiques, la guérison serait longue, car les bactéries s'étaient peut-être développées dans certains organes. Il était en effet possible que Léon ait été piqué depuis plusieurs mois – ou même davantage. Il lui faudrait être patient, se reposer, et surtout respecter scrupuleusement le traitement, même s'il était source de grande fatigue.

Lors de cette deuxième visite, Joseph voulut à tout prix offrir un verre à Adrien, qui ne put faire autrement que de s'asseoir un instant pour ne pas vexer le pauvre homme. Il en profita pour l'interroger sur sa paralysie, mais Joseph ne se montra pas inquiet ni accablé par son handicap.

— S'y suis habitué, maintenant. Se me débrouille. Qu'est-ce que vous voulez faire ? C'est comme ça.

Adrien se remémora les mots prononcés par le paysan qui avait une tumeur au cerveau : c'étaient les mêmes exactement. Effectivement, Joseph se déplaçait avec agilité dans la grande salle commune, et il connaissait précisément la place de chaque objet, posé d'ailleurs intelligemment à sa hauteur. Léon avait tenu à se lever pour les rejoindre, mais même assis, sans bouger, il souffrait. Adrien se hâta de boire un fond de vin cuit, puis il repartit en s'efforçant de rassurer les deux frères débordants de reconnaissance, eux qui n'avaient pas vu de médecin depuis plus de dix ans.

Une semaine passa avant que Mme Viguerie ne l'informe un matin, au moment où il partait en visite :

— La sœur de M. R., l'homme qui a besoin d'une greffe, est compatible. Elle a accepté de donner un de ses reins.

Adrien la considéra avec stupéfaction, comme s'il se trouvait face à une magicienne.

— Et je peux savoir…

— Il ne vaut mieux pas. Vous savez, les familles, parfois…

— Ce qui signifie ?

— Ce qui signifie qu'il existait entre eux une monnaie d'échange.

— Et que vous connaissiez, vous ?

— Je suis née ici. Vous savez, les fâcheries d'héritage, ça existe partout.

Il n'insista pas. À quoi bon ? L'essentiel était que le problème fût résolu, mais il garda de cette brève conversation l'impression que ce qu'il découvrait au cours de ses visites n'était que le sommet apparent d'un iceberg dont il n'apercevait jamais le socle, et il en fut un peu dépité. Puis il se rassura en se disant que la maladie, le plus souvent, révélait le cœur des vies les plus secrètes. Mis à nu, face au danger et à la mort, les malades trichaient peu. La peur, la faiblesse dans lesquelles ils se débattaient ne les incitaient pas à simuler quoi que ce soit. Souvent les masques tombaient, ce qui permettait d'aller au fond des choses et de soigner les plaies.

Ce fut également le cas, cet après-midi-là, quand la poétesse apparut dans son bureau, mais elle était en pleurs : elle avait perdu l'enfant qu'elle portait et elle avait cessé de jouer. Le rimmel avait coulé sur ses joues, elle tremblait de tous ses membres, et elle venait tout simplement lui demander pardon de l'avoir harcelé.

— J'ai été punie, souffla-t-elle. Dites-moi que vous ne m'en voulez pas !

Il fut touché par ce chagrin auquel il ne s'attendait pas et par cette repentance qui n'était pas justifiée à ses yeux.

— Je ne vous en veux pas, répondit-il. Je sais que tout le monde a besoin de rêves ou d'illusions.

— Merci, docteur.

— Mais cet enfant ? Que s'est-il passé ?

— Je l'ai perdu à deux mois. J'ai fait une fausse couche.

— Et le père ?

— Oh ! fit-elle. Un amant de passage. Il n'en manque pas, vous savez.

— D'autant que vous êtes belle, et que vous savez en jouer.

— Enfin un mot gentil ! Il m'aura fallu attendre longtemps.

Elle sourit pour la première fois depuis qu'elle était entrée.

— Je voudrais vous faire un cadeau, reprit-elle.

Et, comme il s'étonnait :

— Mes poèmes ont été publiés dans une maison d'édition très estimable.

Elle ajouta, d'une voix humble :

— Sans cette bonne nouvelle, je ne sais pas si j'aurais pu franchir le cap.

Elle sortit de son sac un recueil de poèmes à la couverture jaune, le posa délicatement sur le bureau d'Adrien, qui lut sur la couverture : *La Lumière des confins* ; Éditions L'air de l'eau. Et le nom de l'auteur : Violaine Septaubre.

— Je vous l'offre, dit-elle. Promettez-moi seulement de le lire.

— Je vous le promets.

— Et de me dire ce que vous en pensez…

— Je vous le dirai.

Il y eut un bref silence, puis elle poursuivit :

— Je me dis que dans le fond tout ça n'aura pas servi à rien.

— Je le crois aussi.

— Merci pour votre patience.

Elle ajouta, retrouvant son sourire :

— Pour moi, c'était fastueux !

Elle partit, plus légère qu'elle n'était arrivée, lui sembla-t-il, et il conçut de cette visite un réconfort un peu puéril, réconfort qui fut encore accentué par l'apparition de Daniel, vers six heures du soir, alors qu'Adrien s'apprêtait à partir après sa dernière consultation. Et il n'était pas seul, Daniel, il tenait par la main une femme aux cheveux gris, presque aussi grande que lui, élégamment vêtue, avec une sorte de grâce dans la démarche.

— Excusez-moi de vous déranger, docteur, mais je voudrais vous présenter Éléonore, dont je vous ai parlé.

Adrien s'approcha, serra la main qui se tendait.

— Enchanté, dit-il.

Elle avait des yeux bleus, un visage fin, la même fragilité que lui dans le regard, mais la voix, elle, était ferme et distinguée.

— Je suis ravie, dit-elle. Daniel m'a beaucoup parlé de vous.

Il était aux anges, Daniel, à la fois fier et rassuré

que le regard d'Adrien ne se refuse pas à lui, mais traduise, au contraire, une approbation.

— Nous vivons un enchantement, dit-il, n'est-ce pas, ma chère ?

— Oui, fit-elle, un enchantement à chaque heure de chaque jour.

— Et nous aimerions vous associer à cette belle aventure qui commence en vous invitant, dimanche prochain, dans ma maison devenue celle d'Éléonore, pour un repas de fête.

— Je viendrai avec plaisir, dit Adrien.

— Avec Mylène, bien sûr ?

— Avec Mylène si elle le souhaite.

Comment ne pas se réjouir en le découvrant si heureux, lui qui avait tant souffert ? Adrien se refusa à écouter ses scrupules consécutifs à son stage en psychiatrie, selon lesquels les rapprochements amoureux nés à l'hôpital ne résistaient pas longtemps à l'épreuve de la réalité quotidienne, du seul fait que ni l'un ni l'autre n'étaient assez armés pour l'affronter. Du fait aussi que la diminution des traitements euphorisants les laissait un jour en proie, de nouveau, à leurs hantises et à leurs démons. Mais non ! Ce soir il n'avait pas envie d'y songer, tandis que Daniel et Éléonore l'accompagnaient jusqu'à sa voiture, souriants, attentifs à le remercier pour sa gentillesse.

— Alors, à dimanche ! lança Adrien avant de refermer sa portière et de partir vers Saint-Victor où Mylène devait l'attendre.

Il lui raconta l'épisode, dont elle se réjouit avec lui, et leur soirée en fut égayée jusqu'au cœur de la nuit. Aussi, ni l'un ni l'autre n'étaient préparés à ce qu'ils apprirent le lendemain, quand Adrien repassa au cabinet entre deux visites, et trouva les résultats du contrôle sanguin effectué par Marion. Les analyses faisaient apparaître une légère baisse des globules blancs et donc l'éventualité d'une rechute. Il téléphona aussitôt à Mylène, qui demeura muette au bout du fil, inquiète elle aussi.

— On en parle à midi, fit Adrien. J'essaierai de téléphoner à l'hématologue avant qu'on se voie.

Il n'en eut pas le temps, et c'est à peine s'ils eurent la force de se nourrir dans la salle du restaurant où ils étaient seuls, se demandant comment allait réagir la jeune fille à cette nouvelle.

— Il faut dire à Mme Viguerie de la contacter par SMS pour qu'elle passe ce soir, dit Adrien. Je l'examinerai.

— Si tu veux, je rentrerai à cinq heures et je resterai à côté, proposa Mylène. Si tu as besoin de moi, je serai là.

— C'est gentil. Je te remercie.

L'après-midi s'écoula pour Adrien dans une inquiétude dont il eut du mal à se défaire, et qui ne lui permit pas de trancher sereinement au sujet d'un diagnostic concernant une femme qui présentait des fourmillements dans la main gauche. Elle craignait de faire un accident vasculaire mais ces paresthésies associées à des douleurs et des troubles moteurs inconstants évoquaient plutôt un syndrome du canal carpien. Un doute pourtant lui vint, car il s'agissait du bras gauche. On pouvait aussi penser à un angor ou à une névralgie cervico-brachiale. Il n'avait pas l'esprit assez clair pour trancher, et il prescrivit un électromyogramme, afin d'éliminer des syndromes déficitaires moteurs.

Il ne réussit pas à joindre l'hématologue qui avait soigné Marion, mais il savait qu'il était rare que chez les jeunes un lymphome récidive, et que si c'était le cas, le combat serait difficile.

À cinq heures trente, le moment qu'Adrien avait redouté était arrivé. Marion, souriante, se leva dans la salle d'attente et se précipita vers lui pour l'embrasser. Il la laissa passer devant lui, la fit asseoir, contourna lentement son bureau pour s'asseoir à son tour, tenta de lui sourire, mais n'y parvint pas. Son sourire à elle s'effaça aussitôt, et elle demanda, soudainement crispée :

— Qu'est-ce qu'il y a ?

Ses yeux grands ouverts demeurèrent fixés sur lui qui ne répondait pas.

— On dirait que tu flippes, fit-elle.
— Écoute, mon bébé..., dit-il enfin.
— J'aime bien quand tu m'appelles « mon bébé ». Répète, s'il te plaît !
— Mon bébé...
— Encore !

Il soupira, puis avala une grande goulée d'air et commença d'une voix qu'il ne reconnut pas :

— Les résultats de ton contrôle font apparaître une légère baisse des globules blancs.
— Te fatigue pas, j'ai compris, le coupa-t-elle.

Ses yeux s'étaient brusquement embués, tandis qu'elle demandait :

— Tu ne veux pas me prendre dans tes bras ?
— Viens !

Il se leva, elle le rejoignit et se blottit contre lui en murmurant :

— C'est si grave que ça pour que tu acceptes de tromper ta Mylène ?

— Je ne la trompe pas. Elle sait tout.

— Bon ! Alors je t'écoute.

Il attendit un instant avant de répondre :

— Il faut que je t'examine, dit-il. Mais d'abord, dis-moi si tu te sens fatiguée, si tu as des sueurs la nuit et si tu manges bien.

— Je me sens très cool après ce que tu m'as dit.

— Je ne plaisante pas, Marion.

Elle eut un sanglot étouffé, s'insurgea :

— Putain ! Tu me reparles pas de chimio, hein ? C'est relou, la chimio !

— Mais non. On n'en est pas là.

— Alors c'est OK.

Elle commença à se déshabiller avec des pudeurs qui étaient encore celles de l'enfance, s'allongea d'elle-même sur la table d'examen.

Adrien savait ce qu'il cherchait, et il eut un soupir de soulagement en constatant qu'elle ne présentait pas de ganglions.

— Je sais ce que tu fais, dit-elle. Imagine-toi que je contrôle tous les jours.

Et elle se redressa en demandant :

— Ce serait si grave que ça ?

Il ne répondit pas, insista au contraire :

— Pas de sueurs nocturnes, pas de coups de fatigue ?

— Rien du tout. Alors, tu vois que ça baigne !

— C'est bien. Tu peux te rhabiller.

— J'ai une idée ! s'exclama-t-elle. Si on faisait un petit tous les deux, ça n'accroîtrait pas mes défenses immunitaires ?

Il secoua la tête en souriant.

— Bon ! Je remballe ! fit-elle. T'es vraiment pas sympa avec moi !

— Tu oublies Théo.

— Les mecs, tu sais…

— Mais moi aussi, je suis un mec.

— Non ! Toi, t'es pas un mec.

— Et je suis quoi, alors ?

— T'es mon pote !

— Oui, c'est ça.

— Et je suis sûre que tu ne me laisseras pas bouffer par le crabe. J'ai raison, oui ou non ?

— Tu as raison.

Elle reprit, essayant vainement de dissimuler un sanglot :

— Tu peux pas laisser faire ça, dis !

— Bien sûr que non !

— Bon ! Je te crois !

— Allez ! fit-il. Retourne t'asseoir.

Elle se détacha de lui avec mauvaise grâce, mais elle avait repris un peu d'assurance.

— Je vais rester sous cette menace longtemps ? J'en ai marre de ces contrôles.

— Quelques mois, je suppose.

— Il suppose ! s'exclama-t-elle. Avec qui je joue les matchs, moi !

Elle se tut brusquement, le défia du regard.

— On le dézinguera, ce crabe ?

— Oui, comme tu dis, on le dézinguera.

Elle sourit, murmura :

— Tu sais que je te kiffe, toi, quand t'essayes de mentir.

— Mais non ! Je ne te mens pas. Dans un an ou deux on ne parlera plus de ça.

— Tu me le jures ?

Il hésita à peine, répondit :

— Je te le jure.

Comment faire autrement devant ces yeux d'une candeur et d'une confiance qui le transperçaient ? Il n'avait plus qu'une hâte à présent, c'était qu'elle parte et le délivre enfin de ce poids qui pesait encore dans sa poitrine, mais elle ne semblait pas pressée de se retrouver seule.

— On va quand même consulter l'hématologue, hein !

— Ah non ! s'exclama-t-elle. Tu m'as dit que tout allait bien !

— C'est vrai, mais je m'en voudrais de ne pas prendre toutes les précautions.

Elle eut un regard de défiance, mais il trouva les mots pour la rassurer :

— Est-ce que tu me vois inquiet ? Non ! Alors ?

Il sourit, ajouta en se levant :

— Je te communiquerai la date du rendez-vous dès que je l'aurai.

— Et voilà ! Il me jette ! s'indigna-t-elle.

— Mais non, je ne te jette pas. J'ai du monde dans la salle d'attente.

Elle soupira :

— Bon, je m'en vais à condition que tu me fasses un autre câlin.

Il se leva, et, de nouveau, il la prit dans ses bras. Elle avait entouré son torse et le serrait à l'étouffer.

— J'ai eu les jetons ! fit-elle avec un sanglot.

— Mais non, il ne faut pas, je suis là.

— Tu m'abandonneras pas, hein ?

— Tu sais bien que non.

Elle dénoua ses bras, recula vers la porte et disparut enfin, après avoir soufflé sur sa main ouverte avec ses lèvres, le laissant incapable du moindre mouvement, et à plus forte raison de faire entrer le patient suivant. Il fallut que Mme Viguerie vienne frapper à la porte pour qu'il consente enfin à le recevoir, mais jusqu'au soir il demeura bouleversé par la visite de la jeune fille et il n'eut plus qu'une hâte : se confier à Mylène, parler enfin, se délivrer de l'angoisse qui l'avait secoué.

— Je ne crois pas à une récidive, assura-t-il dès qu'ils furent assis côte à côte dans la maison de Saint-Victor. Une légère baisse de globules blancs peut être due à des causes multiples, y compris à une simple infection. Marion ne présente d'ailleurs aucun signe clinique inquiétant.

— Alors pourquoi tu te sens si mal ?

— Je savais qu'il ne faut jamais s'attacher, lui dit-il. On nous apprend ça dès le début à la faculté. Et maintenant je paye : c'est le châtiment.

— Mais quel châtiment ? s'indigna Mylène. Et comment aurait-on pu agir autrement ? Rappelle-toi : elle venait là tous les soirs pour attendre Mme Viguerie quand sa mère était à l'hôpital. Elle était si gaie, si vivante, si pleine d'esprit ! On s'y est attachés forcément !

— Il ne le fallait pas.
— On n'a pas eu le choix.
— On a toujours le choix.
— Non. C'est faux ! Est-ce que tu crois que j'ai le choix, moi, quand je rends tous les jours visite aux mêmes malades ? Je m'y attache.
— Et tu en souffres ?
— Bien sûr que j'en souffre !
— Et comment fais-tu ?
— Je ne retiens que le bon côté de la vie.

Tout ce qu'il entendait de la part de Mylène était invariablement d'un optimisme précieux. Elle souffrait autant que lui, mais sa gaieté et son énergie naturelles prenaient sans cesse le dessus. Il n'y avait rien à ajouter. Il devait s'en accommoder aussi, et se préserver le plus possible. Tout entiers à leurs pensées, ils ne parlèrent pas beaucoup, avant d'aller se coucher, ce soir-là, ébranlés qu'ils étaient par les émotions de la journée.

Ils ne dormirent guère au cours de la nuit qui suivit, si bien qu'il se réveilla de très mauvaise humeur, au matin, quand le téléphone sonna à sept heures, pour une visite chez une famille où un enfant présentait une forte fièvre. Il partit après avoir bu un café, hâtivement embrassé par Mylène qui lui dit mystérieusement :

— Je t'appellerai dès que j'arriverai au cabinet.

Il partit dans le jour qui se levait, embrasant l'or et le bronze des arbres le long de la route. Il aimait cette saison tendre qui se refusait à l'hiver, jetait des éclats chauds dans les champs et les prés, révélant des splendeurs sans souci de les voir s'éteindre bientôt.

Un quart d'heure lui suffit pour arriver sur place, où l'enfant malade ne souffrait que d'une rhino-pharyngite, ce qui lui permit de repartir rapidement vers Châteleix pour prendre connaissance de la liste des visites du matin. Il arrivait à proximité de l'étang que lui avait fait découvrir Mylène quand son portable sonna. C'était elle.

— Ça va ? demanda-t-elle.

— Oui, ça va... Il faut bien. Tu as oublié de me dire quelque chose ?

— Oui.

— Au sujet de Marion ?

— Non.

— Dis-moi !

Elle laissa passer de longues secondes avant de reprendre :

— J'ai fait un test de grossesse ce matin... Il est positif.

— Non ?

— Si ! Je suis enceinte.

— J'arrive !

— Non ! Je m'en vais pour des soins urgents. On se voit à midi au restaurant.

— Attends ! Ne raccroche pas !

— Tu es content ?

— Comment ça, content ? Tu me demandes si je suis content et tu veux raccrocher ?

— Est-ce que tu es certain au moins d'être le père ?

— Absolument !

— Tu es bien sûr de toi.

— Même si c'est pas le cas, ça m'est égal, je le garde.

— On le garde, alors ?

— Évidemment ! J'ai vu un architecte en douce. J'ai prévu trois chambres de plus.

— Alors, à tout à l'heure !

Elle raccrocha, le laissant tremblant au bord de la route où il s'était arrêté dès que le téléphone avait sonné. Il lui fallut un long moment avant de reprendre ses esprits, et d'emprunter d'instinct le chemin de l'étang qui venait de s'ouvrir à sa vue sur la droite. Il se gara près d'un bouleau, l'esprit ensoleillé devant ce royaume d'eau et de lumière qui s'éveillait dans la lueur neuve du matin. Tout reprenait vie : les feuillages, les roselières, les nénuphars, les araignées d'eau, les colverts, les rainettes. Il s'assit sur la rive, observa avec ravissement des libellules bleues et des papillons de toutes les couleurs qui, malgré la saison avancée, voletaient dans l'insouciance des rayons du soleil. Il pensa à Marion, à la nuit qu'il avait passée, puis à Mylène et à l'enfant qu'elle attendait.

La vie, la mort ; la mort, la vie... Qu'y faire ? Comment lutter face à ces deux extrêmes qui enserraient l'existence dans leurs bras de fer ou de soie ? Il songea qu'à sa modeste place il n'avait qu'une solution : faire en sorte que la balance penche toujours du côté de la lumière, c'est-à-dire du côté de la vie. Là résidaient son travail, sa mission : la piste féconde d'un bonheur possible. Et la vie, ce matin, éclatait autour de lui, triomphante, dans les arbres, sur l'eau de l'étang, dans le ciel d'un bleu myosotis, dans la voix de Mylène. Ils allaient avoir un enfant. Un fils ou une fille qui grandirait près d'eux, protégé par ce combat qu'ils menaient l'un et l'autre, et qui, un jour, serait heureux dans la beauté du monde dont la lumière, ce matin-là, étincelait comme au premier jour d'un nouveau printemps.

Note de l'auteur

Ce livre est un roman. Toute ressemblance avec des personnes existantes serait absolument fortuite. Aucun des personnages ici imaginés n'existe ou n'a existé.

Du même auteur :

Aux Éditions Albin Michel

LES VIGNES DE SAINTE-COLOMBE :
 1. *Les Vignes de Sainte-Colombe* (Grand Prix des lecteurs du Livre de Poche), 1996.
 2. *La Lumière des collines* (Prix des Maisons de la Presse), 1997.
BONHEURS D'ENFANCE, 1996.
LA PROMESSE DES SOURCES, 1998.
BLEUS SONT LES ÉTÉS, 1998.
LES CHÊNES D'OR, 1999.
CE QUE VIVENT LES HOMMES :
 1. *Les Noëls blancs,* 2000.
 2. *Les Printemps de ce monde,* 2001.
UNE ANNÉE DE NEIGE, 2002.
CETTE VIE OU CELLE D'APRÈS, 2003.
LA GRANDE ÎLE, 2004.
LES VRAIS BONHEURS, 2005.

LES MESSIEURS DE GRANDVAL :
  1. *Les Messieurs de Grandval* (Grand Prix de littérature populaire de la Société des gens de lettres), 2005.
  2. *Les Dames de la Ferrière,* 2006.
UN MATIN SUR LA TERRE (Prix Claude-Farrère des écrivains combattants), 2007.
C'ÉTAIT NOS FAMILLES :
  1. *Ils rêvaient des dimanches,* 2008.
  2. *Pourquoi le ciel est bleu,* 2009.
UNE SI BELLE ÉCOLE (Prix Sivet de l'Académie française et prix Mémoires d'Oc), 2010.
AU CŒUR DES FORÊTS (Prix Maurice-Genevoix), 2011.
LES ENFANTS DES JUSTES (Prix Solidarité-Harmonies mutuelles), 2012.
TOUT L'AMOUR DE NOS PÈRES, 2013.
UNE VIE DE LUMIÈRE ET DE VENT, 2014.
GENS DE GARONNE :
  1. *Nos si beaux rêves de jeunesse,* 2015.
  2. *Se souvenir des jours de fête,* 2016.
DANS LA PAIX DES SAISONS, 2016.
L'ÉTÉ DE NOS VINGT ANS, 2018.

Aux Éditions Robert Laffont

LES CAILLOUX BLEUS, 1984.
LES MENTHES SAUVAGES (Prix Eugène-Le-Roy), 1985.
LES CHEMINS D'ÉTOILES, 1987.
LES AMANDIERS FLEURISSAIENT ROUGE, 1988.
LA RIVIÈRE ESPÉRANCE :
  1. *La Rivière Espérance* (Prix La Vie-Terre de France), 1990.

2. *Le Royaume du fleuve* (Prix littéraire du Rotary International), 1991.
3. *L'Âme de la vallée,* 1993.
L'ENFANT DES TERRES BLONDES, 1994.

Aux Éditions Seghers

ANTONIN, PAYSAN DU CAUSSE, 1986.
MARIE DES BREBIS, 1986.
ADELINE EN PÉRIGORD, 1992.

Albums

LE LOT QUE J'AIME, Éditions des Trois Épis, Brive, 1994.
DORDOGNE, VOIR COULER ENSEMBLE ET LES EAUX ET LES JOURS, Éditions Robert Laffont, 1995.
UNE SI BELLE ÉCOLE, Éditions Albin Michel, 2014.

Le Livre de Poche s'engage pour l'environnement en réduisant l'empreinte carbone de ses livres. Celle de cet exemplaire est de : 300 g éq. CO₂
Rendez-vous sur www.livredepoche-durable.fr

Composition réalisée par MAURY-IMPRIMEUR

Achevé d'imprimer en mars 2019 en Italie par
Grafica Veneta
Dépôt légal 1re publication : février 2019
Édition 02 – mars 2019
LIBRAIRIE GÉNÉRALE FRANÇAISE
21, rue du Montparnasse – 75298 Paris Cedex 06

65/0437/6